JN234158

ふり向けばエッセイⅡ

明窓出版編集部編

明窓出版

ふり向けばエッセイⅡ

——☆目　次☆——

二人の十七才

――今頃になって現れた五十年前の敗戦――

作家　上野霄里《しょうり》

最近、二人の十七才の少年が相次いで人を殺し、バスジャックをした。彼等はいずれも学校では出来の良い、むしろ優秀な子供達であったようだ。彼等の心は何時の時代とも変わりなく、その後の青春期に入って行く前の、暗い藪の時代に立っていた。私にはその事がよく分る。私の十七才は、第二次大戦後の食糧難や、極端な衣料不足の中で、あるものと言えば街の本屋で手に入る値段ばかり高いワラ半紙で作られたような書物だけだった。親達は争っていた。飲む水にさえ、何処か疲れているものを感じた。私はする事と言えば、従って本を読む事であり、学ぶ事であり、今住んでいる岩手の、あの悲しい民謡『南部牛追い歌』をラジオで聴くくらいのものであった。仕方なく本を読み、学ぶ事によって、私はあの頃の十七才の心の痛みを何とか解決した。私達が親になり、私達の子供が親になっている今、その子供等には、こんな物質的な苦しみはさせまいとして、自由に金をばらまき、物を与え、その為に鍵っ子を多く作り、十七才の子供達の時代を、どうしようもないところに追いやった。金があり、物が豊かであっても、それで十七才の悲しみと痛みは払拭出来る何ものもない。多くの人は明治からの列強と並んだ日本の状態を強いものと見た。しかし、内村鑑三や新渡戸稲造達が口にした武士道には、西洋人好みのジャポニズムがあり、何処か弱さがチラチラ目に付く。それから見れば、それ以前の江戸期の佐賀の武士、山本常朝や、松代藩の武士、大道寺友山の言葉には心配のいらない強いものがあった。この明治からの日本人の弱さは、第二次大戦で負けた後、一層激しくなり、子供を育てる事に自信をなくした親達の前で今の十七才によって代表される子供達の心は、茨の中の道を向う側に出ようと努力し乍らそれが出来ずにいる姿を、私達にみせる。十六、七才の子供達の心は、言葉のない詩のようなものだ。リズムはあっても、それをどの様に言葉の上に押しつけてよいか、全く見当がつかない。今の日本の経済状態も全くこれと同じで、どのように進んでいくのか、正直いって誰にも見当がつかない。ナイフを振り回す子供達、バスジャックをして人々を驚かす子供達の目に、大人達に分らない涙が流れているのではないか。何時の時代でも、この時代の子供達は、その先に在る青春の光の中に、飛び込む迄の茨の中で悩んでいる。私などは、その茨の中で、一つ間違えばその後の生涯を駄目にした一人である。訳も分らず本に向かい学んでいた私に、ひたむきに寄り添ってくれた男が居た。彼はアメリカ人で青年期の頃、長い間刑務所に服役していたと言われていた人物である。マーチン博士と呼ばれていたこの人物は数年前、心臓マヒで、アメリカの自分の事務所で突然倒れ、その儘死んだ。彼の妻はこの博士をさして「彼はまさにブーツを履いたまま死んだ。」と表現した。アメリカ人の言う、ブーツを履いて死ぬという行為は、恰も日本人が思う「畳の上で大往生をする事」と同等の幸せな意味合いを持っている。私は、この博士によって本来はナイフも抜けば、バスジャックもしかねなかった、ピリピリしていたあの頃の自分を救われたと思っている。何時の時代でも十七才とは苛立っている時期である。と同時に心と身体の何処かに正気立っている時間である。見るもの聞くもの全てが、本人の怒りの対象となり得る条件が揃っている。私には三人の息子が居るが、彼等の一人は、親の私を殴り、又一人はごく最近になって「普通に生きていたらぐれていた。」とも述懐して居た。私は親として、十七才の子供の持つ悲劇的な時間をその頃知らず、適当にあしらっていたような気がする。今考えると実に恐しい事だ。幸なことに、三人はそれぞれ立派にその痛みと悲しみ多い十六、七、八才の森を通り抜け、その向う側に出てくれた。だが世の中にはその様な十七才ばかりが居る訳ではない。出来が良ければ良いなりに一層、皮膚感覚にまで響いて来る痛みと悲しみを持っている彼等はつい、ナイフを振り回したり、バスジャックに走る場合がある。彼等の親達や教師達はこの危険な事実に気付かない事が多い。例え精神病院に行って薬を貰っていなくとも、そこに通っている若者と同等の内面的な深い問題を抱えている者は、この日本中にどれだけいるか、私達は想像も出来ない。経済的な問題もさる事乍ら、十七才のこの過渡期の痛みを知る事は、大人の大きな責任であろう。

此処に一人の教師が居る。この高校教師は、自分の受け持っているクラスの四十二名の生徒に、一通々々内容の異なる手紙を書いて出している。どの一通にも生徒一人々々の必要な熱い言葉が記されている。このクラスのもう一人の担任である英語の教師は、副担任である彼のこの熱意ある行為を見て、山程の切手を彼に差し出し、それなりの協力をした。その中の手紙の一通を此処に引用しよう。

「○○君、それでいいのですか！　そんな負け犬の情けない根性でいいのですか！　私はそんな○○君のために前のような手紙を書いたのではないのです。いつまでもそんな君でいるのなら、あの手紙は私に返して下さい！　私は君の中に潜んでいる〝なにくそ！〟と立ちあがるバネの心を信じているし期待しています。これまでのあなたは自分を甘やかしています。鉢植えの草木に、やる水だって多すぎると根腐れを招き殺してしまうものです。濃すぎる肥料もかえってだめにするものです。今日、私はひとりの老人が、小柄な雑種犬を散歩させているのを街で見かけました。赤信号のために横断歩道の手前で立ちどまった老人は、手綱を一度たてに振って犬の尻をポンと打ちました。犬はお座りをしました。が又腰をあげました。老人は又、ポンとすると犬は座りましたが、又腰をあげ、老人は今度、『お座り！』と言ってポンとし、犬は再び座りました。そして青に変わった道をわたって行きました。七十才に近いと思われるこの老人は、この小柄な雑種犬を自分のコントロールの下に置いているのです。この老人のような心配りがないなら犬は野放図なものとなり、うっかりしようものなら、飼い主にさえ噛みつくでしょう。○○君、あなたは、あなたの内に居るもう一人の自分を厳しく扱っていますか？　していないし、してこなかったでしょう。それは親のせいでも、先生のせいでもありません。あなた自身のせいです。自分をごまかし、あまやかせる心のせいです。今こそ、野放図になっているもう一人の自分を、自分の支配下に置くべくたたきのめして教育して下さい！　高校生となった貴方は、まだまだいいかげんでなまいきなもう一人の中学生の自分を打ちのめさなくてはならぬのです！　それが出来なくてこれからの人生をどうするのですか。人間は普通ではだめなのです。普通ではない何をやったかが問われるのです。〝自分は何をやったってだめなんだ〟と自分で自分を見捨てるその根性こそだめなのです。世の中は甘くていいのですが、自分に厳しい自分は絶対に必要です！　たちあがって下さい！」

この様な、夜も寝ずにクラスの全ての生徒に、しかもその生徒一人々々に合った手紙を書くような教師が、今日、本当は何処にでも存在していなければならないのである。教えるという事は、何を作るにもまして難しい仕事であり、それだけに訓導と呼ばれるに相応しい教師にとっては、やり甲斐のある仕事である。こういう仕事こそ、ミッションとかコーリングと外人が呼ぶ、要するに天職なのではあるまいか。美しい詩を書いて、私達もよく知っているあのノヴァーリスが歌った詩の中に、次のようなものがある。

樹木は花咲く焔にしかなり得ず、
人間は話す焔に、

動物は彷徨い歩く焔にしかなり得ない。

私達は常に話す焔を携え、身体の中に持ち歩いて生きている。十七才という時代の子供達の焔の言葉は実に重い。それだけに痛みや悲しみは他の世代の人間には想像もつかぬものであろうと思う。私は自分の十七才を思う時、そう感じる。時には焔の言葉が手にナイフを持たせ、金属バットを持たせ、愛する親達にさえ刃向かわせる事になる。詩人であり、人生の哲学者であるポール・クローデルは、これに似たような事を言っている。つまり、生命とは火である、と。植物は燃料の生成であり、動物は自分自身の養いの糧を供給する。若者達は一様に、やがて大人になる為の養いの魂の糧を供給しようとしている。それが周囲から見れば異様な事態に見え、極端に言えば、或る女達にはそういう十七才が、嫌な匂いを発する暴れる動物のように感じるのである。私の十七才の頃を思えばよく分るが、男にはさほどでもなかったが、女がとても嫌に感じた事がある。十七才の少年に、嫌な匂いを発すると感じるのと同じように、彼らは、女性達の存在そのものに不快感を持ち、底知れぬ匂いを感じて、怒り立つのである。一言でも注意をすれば、時として少年達の心は爆発し、恐ろしい形で切れてしまうのである。クローデルは言っている。「植物は燃料であり動物は燃えている質糧である。」ある意味で、うるさい女性が、これらの子供達にとって植物であるなら、彼らは燃えさかっている焔そのものなのかもしれない。周囲の人々は、こういう十七才をとても怖がる。不安気に遠ざかる。だが子供達の中には、やがては大きな役に立つ力となる焔が、彼等の内側に秘められている事を考えれば、心して子供達に接しなければならない。此処で話を、人間が少し大きかったあの江戸時代に戻そう。佐賀の武士、山本常朝は武士道の在り方の基本を、何と言ったかというと、狂気という言葉でとらえた。真面目な生き方を越えたところに本当の武士の姿があったのか、松代の武士、大道寺友山が同じように言っている『武道初心集』の冒頭の言葉が、恰も戦争中の子供達が必死になって暗誦しようとした『教育勅語』と同じように、若い武士達は諳《そら》んじたのである。「武士たらん者は、正月元日の朝、雑煮の餅を祝ふとて、箸をとり始むるより、その年の大晦日の夕べに至るまで、日々夜な夜な、死を常に心にあつるをもって本意の第一とは仕るにて候」ここにみるキーワードも又、死ぬ事ではなく、むしろ狂気そのものであった。何をするにも狂気の思いで突き進むことに意味があると、武士の中の武士は信じていたらしい。明治から平成の今日まで、日本人は、ただ集団の中で生きる弱い存在となった。狂の心はとうに何処かに消えてなくなっているようだ。十七才の若者が辛うじて、武士道の様々な本を読む事も、山本常朝や大道寺友山などに出会う事もなくして、生き方の中心に熱い狂の心を時々示す事を、私達は怖い思いをしながらも、何か尊いものを見詰めるような目で見る必要があるのではないか。この様な若者達が、その狂気のエネルギーを、ナイフを振り回したり、バスジャックをする形で表面化する態度のみを私達は怖がり、恐れたりするが、その一方に於いて、これらの若者達が表に見せた狂の態度に、私達大人が失っている尊いものを受け止めなければならない。私自身、十七才の時の自分を思う時、そこに現われてくれたマーチン博士などの助けを思い出すが、彼自身、アメリカの刑務所で手のつけられない狂暴な青年であった。今私がボロボロになった背広を着ることがあるが、この服を私に呉れたジャーヴィス博士も又、三十年代のシカゴで機関銃を持って銀行に押し入ったマフィアの、最も若い手先として外の見張りをしていた。彼も今はもう亡くなっているかもしれない。同じく私を導いてくれたヘンリー・ミラーも、その若い時代は、とてつもなく周囲の人々にとってどうしようもない人間であった。みんな私にとっては、とても尊い人々である。現在私がこのように在るのも、此処に挙げた人々のお蔭である。二人の十七才にはどのような明日があるのだろうか。ナイフを振り回したりバスジャックをした結果、人々の生命も絶たれた。悲しい事である。これら十七才の周囲の人々、つまり親達や教師達は彼等の前でマーチン博士にはなれなかったものか、ジャーヴィス博士のようにななかったものか、ヘンリー・ミラーのように彼等の存在を庇う盾になれなかったものか。私はそう思う時、過酷な未来しかないこれらの十七才が哀れになる。彼等を待つ明日は明るい青春ではない。本来十七才の後にはとても明るい陽が射して、その後の長い人生には喜びが一杯でなくてはならないのにと思うと、私の目には涙があふれる。私のような幸運な者は、内側に持っていた狂の心を自然が巧みに押えて此処まで過ごさせてくれた。ここ一週間ばかりの間に、あの様な問題を起し、人さえも殺してしまった彼等はいささか運が不足していた。その様な事を思い今の私は、他の多くの日本中の、更には世界中の十七才がナイフを振り上げる前に、ミラーのような人物を彼等の近くにさし向けて欲しいと、幸運の女神に願うばかりである。誰もが人の親であるならば、これらの十七才を自分の子のように思い、深い涙のうちにかばってやりたいものだ。明日があれば、今という十七才も救われる。全ての十七才に内面的に負わされているこの深い痛みを知るだけの力を大人は持っているだろうか。私はそうあって欲しい事を切に願う。

十七才によって象徴される大人になり始める子供達は、どの様な焦りの中に生きようとも、藪の中でまごまごしている暇はない。向う側に何としてでも辿り着かねばならない。

フランスの詩人、アールチュール・ランボーや、同じパリの地に南米からやって来て、短い命を生きたロートレアモンなどは、まさしく、あらゆる時代の若者を代表する存在である事を、私は十七才のあの頃、ランボーやロートレアモンと同じ心を持って生きた事を考えれば、よく分るのである。彼等は皆、早くして詩を書いたのではなく、詩という地獄の季節を見ながら、若い時代を急いで通り抜けた。詩を書き上げるというより、自分達の若さをあの様に様々に閃かせたナイフの代わりに、詩のリズムを使ったのではあるまいか。どうもそのような気がしてならない。先にも書いた、本当の武士の強敵なこれと、どこか相通じるものを示している。中世の初めの頃、「秘すれば花……」と人生を彼なりのキーワードで纏めた世阿弥のこともここで思い出す。人間は良い世界に生まれようと、豊かな世界に生まれようと、貧しい世界に生まれようと、その様な事に関わりなく、その人らしい自分を生きる事が出来るなら、これに勝る良い人生はないのである。中世の世の中で、非人の子として生まれた世阿弥も、天下人として生きた足利義満も、ともにこの世の集団化した人々の間から離れて生きようとした。十七才前後は誰もが詩人である。というより詩人にならなければ、どうしようもない不安に襲われる時期である。そこから一歩踏み出す為に人間は何処の世界に於いてもどれ程大きな力が必要であるか。その事を十七才の心の知恵ではなく、この世を知る力ではなく、自然の中から生まれる本能によってはっきり知るのである。人間にとって大切な叡智とは目から鼻に抜ける小利口さではなく、この社会の中で数多く体験する薄汚い経験から出て来る知恵でもない。全く自然な人間が、その自然さの中で体験する叡智によって、人間は、本当の意味の知恵にぶつかるのである。小利口な人間の知恵ではなく、社会で上手くこの世を生きていく小知恵ではないものを、自然の中から、つまり今日あって明日は変わっていく一過性の道徳ではなく、永遠の流れの中に存在する倫理の中で生きるものに、十七才前後の若者達にはなって貰いたい。自然の恵みである本当の知恵、痛んでいても、悩んでいても、そういう本人をどうにか助けてくれる知恵、つまり倫理の勢いの中で、一瞬々々を生きるものであって欲しい。そうすれば藪の道はやがて明るい本当の道につながるだろう。武士道でいう狂気とはこの事である。この社会で、生半可な小知恵と小利口さで生きている大人達より、まだそのような知恵を持たず生きる素朴さの中で、ぐっと歯を噛みしめる姿の十七才の方が美しい。私は自分の戦後の貧しい十七才の頃を思い、あの貧しさの中だったからこそ何とか人間らしく生きられ、とても良い先生達に囲まれていたからこそ今があると思っている。この社会があらゆる面で乱れ、人間は上から下までどうしようもない状態でいる時、今の十七才は何とも不幸だと思う。第一、これらの十七才に相応しい叡智を持った、金や物に頭を下げない本当に強い親がいない事は、実に悲しい。だからと言って、長い人生の入口に立つ若者達は、苛立つ心を静める為にナイフを振り回す必要はない。バスジャックをしたところで、車中の客を驚かしたところで、人殺しをしたところで、幼児をいじめたところで、どうにもなるものではない。窓の向う側で説得する警官達の声を聞いても、親達の願いを聞いても、それに反応出来るだけの心が若者達にはない。彼等は、単なる若さに委せてナイフを振り回しているのではない。彼等は一様に一度や二度は周囲の人達に言っている。「私は大きくなったら大学で生物を教えたい」又「私は教師になって人々に教えたい」彼らの明日への夢は光り輝いていた。ところが、一寸彼等の心に隙があった所為か、人を殺すまでに暴れる仕儀となった。何とも残念な結末であり、今後これらの若者の生き方がどのようになって行くのかとても悲しい。だが、どの様になろうと人生は人生である。彼らは彼らである。贖うものは贖い、直すべきものは直していく明日がやって来る。人生は一つの長い路だ。途中で止まってしまうという事はない。それならば、こんな悲しい事件を起こした十七才達は、自分のこの社会に於ける頭の良さなどは一切忘れ、ひたすら、道という自然の中に身を置いたらよい。人間は本来、自然の中に身を晒して生きるのがきわめて自然である。ところが何時の間にか人間はその自然を何処かに置き忘れ、例え自分のまわりにあったとしても、それに気付く事を忘れて、ただただ社会の中に身を置く事に没頭する。という事は、自然と社会が同等のものとなっているのである。万事が自然の中におかれて、初めて有効なものであるが、最近では文化という力の中でしか生きられないのが人間である。犬や猫は、どのように人間に飼われ、人間社会の中に生きようとも常に自然に従順な生きものである。金銭を使う事は先ず考えられないし、ものですら、食べものを除けば何一つ要らないのがこれら自然の動物であり、家畜達である。人間はその点、とうに自然を離れてしまっている。自然ではない文明の中で生き、社会という名の人工的な森、つまり文化の細かいしきたりの中でしか生きようとしない存在となっている。十七才は、一つの曲がり角ではあっても、既にその時代の前後には、はっきりと文化に閉じ込められた悲しい存在が見えている。この事に悲しみを持ったのか、中国の哲学書の一つ、『荘子』の中には次のような教えがある。これは天人合一という名で呼ばれる自然と社会の深い繋りを教えている。

「真人は変転する外界の事象に自在に応じていくが、決して徒党は組まない。人に先んじようとはしないが、そうかといって、意識的に風下に立とうとする訳でもない。一切を受容する大らかさで保って、しかもゆったりと素朴さの中にある。顔色はいかにも晴れ晴れ

として いて、屈託なさそうだが、動作は常に控え目である。時としては憤然として顔色を変えたりもするが、その本性は何一つ変わる事はない。自己を固執せず、世俗と同化しながらも、世俗を高く超越している。深い思想に没頭しているように見えて、無我の境地を豊かに生きる。」

この様な生き方は、我々文明社会の人間にはどうしても出来ないのが当たり前だ。長い人生の入口をもう目の前にしている十七才の彼等には、とても『荘子』のこういった哲学的文章は理解出来ないであろう。家族の者からも、教師達からも、教わってきたものは、仲良く集団を作る事であり、いわゆる俗世間の中で何とか生きていこうとする知恵を見出す事である。はっきり言えば、『荘子』はそういう十七才がこれまで得て来た知識の全てに反発するように、先程のような言葉を伝えている。もう一つ『荘子』の一節をここで引用しよう。これは『至人』というテーマのもとに言われているもので、長い青春の人生に入る直前の若者達には、その一部でもよい、理解して貰いたいものだ。

「天地の自然に身を委ね、万物の生成の変化に応じて無窮の世界に逍遥する者こそが、どのようなものにもとらわれぬ真に自由な存在である。〝至人というものは自己に固執せぬこと〟である」

ここで思い出す一人の若くして急死した、或いは服毒自殺をしたとも言われているオーストリア生まれの詩人、ゲオルク・ドラクールが居る。彼はフランスのランボーや南米のロートレアモンと同じく、今日問題になっている十七才達と同じく、この社会で騒いでいる大人達には例外なく理解して貰える詩人ではなく、詩が放つはっきりとしたリズムを持っていた人々である。彼等は単なる詩人でもなければ、どの様な意味の芸術家でもなかった。彼等はひたむきに自分を見詰めていた。もう一人のヨーロッパのセヴンティーンであった。彼等が社会の俗人達に分ったと言われる時は、彼等の死である。彼等は、何とも表現の出来ない、それでいてはっきりと見えるリズムが目の前にあったし、自分の中にあった。私は自分の十七才の時期を思い出す時、そのリズムが分る。どの様に努力をしてみても、この社会の大人達には理解出来ない心がそこに在る。戦争に負けたあの貧しさの中で生きられたからこそ、私は自分の中の十七才を死なせずに済んだとも言える。それどころか、前にも述べたように、外国の数人の本当の意味での師友、何一つ分らなくとも彼等自身の痛み多い経験の中から、今在る生き方の中で引っぱり上げてくれた真心に、私はどれだけ救われたか。

あれは敗戦の年の夏であった。貨車のヘリに掴まり、足の下に大きな川や谷底が見えていた時、私は必死になって既に速力を増していた貨車の中に、攀じ登ろうとしていた。あの年の夏は暑く、とても暑く、食べる物は少なく、どんなに努力しても私の腕は貨車の中に自分の身体を持ち上げる事は出来なかった。その同じ貨車に乗っていた若い兵士達の何人かが、今にも谷底に落ちそうな状態に居る、半ば気力をなくした私の身体を引き上げて貨車の中に入れてくれた。今度の十七才の少年達を貨車の中に力一杯引き入れてくれる大人は居なかったのだ。彼等はそのまま、川の流れの中か谷底に落ちてしまったのだ。私はひどくその事を憐れむ。富士川の辺で、親に捨てられた子供が泣いているのを芭蕉は見た。これら十七才の少年達は、ついにはこの社会に見放されたもう一人の富士川の辺の子供であった。彼等のこれからの人生には多くの問題が待ち受けている。この社会はこれらの捨てられた十七才に対して、果たすべき力を持っていないようだ。彼等十七才は自分達の力で多くの困難を乗り切らねばならない。彼等だけならず、万人に於いて人生は山程の重荷を背負っていくべき遠いみちのりである。ニーチェは彼の哲学的言葉の中で次のように語っている。これは私の長男が実に上手く、ピックアップした言葉でもある。それを引用することにする。

「今や世界は完璧になった。深夜は真昼でもある。苦痛は快楽でもある。のろいは祝福でもある。夜は太陽でもある。……すべての快楽は永遠を欲する。深い永遠を欲する。」

拝火教の巨人であるゾロアスタを自分の哲学の中に持ち込んだニーチェは、このゾロアスタをドイツ語的なツアルトーストアに置き替え、恰もシェイクスピアが世界の様々な伝説などを用いて、彼等登場人物にシェイクスピア自身の数多くの言葉を言わせたように、ニーチェ自身の内側の言葉を生き生きとゾロアスタに語らせた。中世の昔、世阿弥も又、彼の舞台上の芸ではなく、深い人間の生き方の哲学の中心で「深夜に輝く太陽」という殆ど雑な人間の頭では考えぬけない大切な内容を説明した。ニーチェも世阿弥も恐らくは、十七才の今の心を読み取る力があるに違いない。私達にはその力がない。余りにも豊かすぎて、小知恵が多く発達しすぎて、天にさえ通じるような豊かな素朴さや、自然の大らかさがない今、私達は或る意味ではとても愚かになり、病弱になり、片輪になりすぎた。そういう意味では「バリアフリー」などと言った言葉によって、身体の不自由な人々を大いに助ける事は良い事だが、一方、平均的な人々よりも何処か利口過ぎる十七才や、これから青春に突入していこうとする若者達に対して、彼等がやり過ぎるとか、いき過ぎたことをするのに対し、我々大人は何らかのバリアフリー的な助けや扱い方が出来ぬものか。平均以下の大人の言う事だけを聞いて、ノラリクラリしている十七才ばかりを認める大人達の弱さ、又、狡さ、力のなさに私は何とも不甲斐のないものを感じて仕方ない。本当なら、やがて多くの人々を指導し、発明や発見などを幾らでも出来る十七才が、人殺しにその有り余るエネルギーを向けるところに、この社会の豊かさの中に潜んでいる愚かさを見てとってしまう。今は人間という生物の、何とも出来が悪く愚かな事を、むしろそれ故に喜ぶ時代のような気がする。鼻欠け猿の国では鼻筋の真っすぐ通った人間の方が愚かに見られる。この社会では、愚かに暮し、曲がって暮す人間の方が、当り前の存在として扱われる。ある愚かな人が「……それが人間だもの。」という時、多くの人々はやはり愚かさをもろに出して、「とても良い言葉だね」と感動する始末である。とんでもない事だ。本当の人間は何事をするにも、どのように生きるにも、力一杯可能性の全てを己の存在の全域に表わして生きなくてはならない。私は不幸な十七才に対して、はっきりとこの事を言っておこう。「人間だもの」という愚かな言葉を言わずに、今後自分の犯した罪に対して、己の人生を賭けて戦うべきだと伝えたい。もし幸にして彼等の生命があるならば、全力投球をしてその生命の全域で生きる自分を大きく広げたら良い。私は人を殺した事も警察の世話になった事もない。若い頃、宇都宮の地方刑務所の教誨師の仕事をしていたことがある。私と、私に会いたいという受刑者が向かいあう時、必ずそばには教育課長が居た。課長は私と受刑者の一言一言を克明に記していたようだ。この様な出会いの後、彼等の多くは出所してから私を訪ねて来た。その中の何人かは東京のクリスチャンの事業家に紹介したりしたが、そこから姿を消した者も居た。私自身、生きている事自体、これらの受刑者と何ら変わりのない重荷をどっさりと背負っている事を意識した。かつては私自身がもう一人の十七才であったのだ。私は必死に生きている。必死になって暮らしている。三人の息子を育て、今は学校で教え乍ら時として生徒達の前で涙をこぼし、原稿を書き乍ら深い思いの中で、己の十七才を思い出す。誰にも人生の何処かの時間の中で十七才はあるのである。それを思い乍ら、その後の人生をキリスト教でいうところの「原罪」をはっきりと背負っている自覚を持って生きるなら幸である。道元はこの事を「大悟」という言葉で表現しているが、彼の言う「親に会ったら親を殺せ。師に出会ったら師を殺せ。」という言葉を誤解して考えてはならない。ここ一週間の間に人を殺してしまった悲しい十七才よ、貴方がたは一番この事が分るはずだ。残る人生を悔いる心の中で、活き活きとのびやかにコンドルのように羽を広げて生きて欲しい。この様に書きつつ、私自身、己のはるか昔の敗戦の頃の十七才と重ね合せ、彼等の十七才の今を思い、涙を流す。私の師でもあるヘンリー・ミラーは彼の作品の中で言っている。

「人生には唯一つ永遠の生命しかない」

すべての十七才よ。自分の永遠の生命を、唯一つの永遠の生命を大切にすべきである。

世間の人々というのは殆ど全てが凡人である。何故凡人かというと、自分自身のはっきりとした個人の考えを持たないからそう言うのである。戦争になればそのお先棒を担ぎ、祭りとなるとその尻馬に乗って大騒ぎをするのが凡人である。人が死ぬのは時の運にもよる。人々は十七才が危険な一角を、心の中に持っていて、時には人殺しもやってしまうような過激さを孕んでいる事実を、はっきりと認めてはいないし、正しく認識もしていない。そのような爆弾を抱えている十七才を持つ親も、接する教師も、相当己の心をしっかりと持っていなければならない。凡人というのは世間の中で右往左往し、物事のお先棒を担ぎ、流行の尻馬に乗って騒ぐ。しかもその様な己の姿を恥ずかしいと思わないところに、一つの大きな問題がある。若者には何一ついじけたり、いじめられたりしていない心が在るのが極めて自然である。ところが今日では、小さいうちから社会の中でもまれて、やがてこれから広がる先の人生には、間違いなくある筈の歪みが既に生じる。若者は、又は若者に向う過程にある子供達は、可能な限り大人の心と身体の歪みの真似をしてはいけない。子供は大人になりかけたその途中の人間ではない。子供は大人とは別の立派な一つの人格である事を忘れてはならない。

二〇〇〇年五月

上野霄里　プロフィール

岩手県一関市在住。神学校を卒業、布教のため同地に移住するが、その後教団とは絶縁する。世界各国の芸術、思想家と親交を持つ。特に４００通もの書簡を交わし合った、故ヘンリー・ミラー氏とは互いに胸奥を披瀝し合うほどの間柄で、往訪も含め、深交は最晩年まで変わらずに続けられた。

主たる著書

『単細胞的思考』『放浪の回帰線』『運平利禅雅』『離脱の思考』『くがねの夢』『若者へのエファンゲリュウム』『星の歌』

筆者近影

ワールドカップに夢をのせて

参議院議員　釜本邦茂

どの世代にも共通することが世の中にはあります。それは他でもない、己れの人生に確かな「目標」、つまり「夢」を持つということです。私はこの世界に身を置き国政というものに携わるようになって久しいのですが、現在とは全く異なる立場で、まだ草創期にあった日本のサッカー界を背負いながらも、一介のスポーツ選手としてグラウンドで毎日ボールを追っていた青年の頃となんら変わるところはありません。

夢見るサッカー少年は、中・高校時代、自分はどこにポジションを置くのか、どんな選手になりたいかを考えました。そして夢を持ち続けることで、後にプロとして活躍する場を与えられました。大人になってからも夢を持ち続けるという態度が変わることはなく、常に自分の目標というものを持ち、自分を見つめ、己れがどうあるべきか、そしてどのようになるべきか、それに対して何を為すべきかということを常に心に留めていました。勿論、チームというものに所属している以上、自分のことだけに目を向けているわけにもいきません。チームの力をどのように伸ばしていくか、そしてそれをどのような形にするかということがいつも心にありました。

達成すべき目標を立て、段階を経ながらそれを実現することに務め、結果的にそれが長期的な目標の達成にもつながっていったのです。——これが大阪の一人のサッカー少年が幼い頃、胸に描いていた夢を自分の手でつかんでいった道程でした。

しかし、スポーツ選手にとって、どうしても超えられない壁というものがあります。言うまでもなく、それは「年令」に伴う体力の限界です。

ある程度の成績を残せば、そこそこ満足する選手にも、「最終的な目標はインターナショナルだ。やはり国際的な選手としてプレイするところまで自分を活かしたい」と思い、実際、世界に飛び出していく人たちにも、自己の質や才能、あるいは技術的な「限界」を感じている人たちにも、等しく、必ずやって来る「限界」です。そして、スポーツ選手には、人生の比較的早い時期に訪れます。多くの人の心を躍らせ、涙さえ流させてしまうほどの感動を与える職業は限られているものですが、スポーツほどこのことが顕著に現れる世界も他にないでしょう。

現役を引退しなければならない時が私にも来ました。スポーツの世界を離れて、次は自分が何をしなければならないか、これまでの自分の人生で培ってきたものをどう生かせばよいかを考えた末の結果が、現在のこの「ポジション」です。――雑巾がけとカバン持ちから始まるこの世界で、どこまでやれるのか。目標を持ち、どれだけの夢を政治に反映させられるか――。私は、今、挑戦の真っ最中です。

ご存知のように二〇〇二年にはサッカーのワールドカップが開催されますが、私は当然のこととして、その諸事に責任があります。運営の仕方から、どのような日本代表チームを作っていくのかまでを考え、現場にいる監督や選手がより良い環境で練習を積み、最高のコンディションで本番に臨めるように、更に日本及び世界のサッカーファンの人たちに心から喜んで頂けるものにしなくてはなりません。

今年、いよいよ西暦二〇〇〇年を迎えました。我々の住む日本も多くの問題を抱えながら、これからの二十一世紀を乗り切っていかなければなりません。平成不況は思いのほか長引き、環境は悪化の一途を辿っています。高齢化社会も確実にやって来ますし、医療費も嵩む一方です。これらがまさに目の前の問題、解決すべき問題だということには変わりはありません。しかし、少し考えてみると私たちの持つ厄介な問題の中には、回避できる種類のものがあることも分かります。将来起こり得る問題を解決するために前もってそれを準備しておけば、事態をより良い方向へ転換することが可能になる状況が確かにあるのです。

例えば、現在の子供たちをみてみましょう。彼らは私たちの子供時代とは違って、それが

現役時代の筆者

現役時代の筆者

何であれ、欲しい物を手に入れるためにそれほどの労力を必要としません。食べたいものを食べ、着たい服を着ている子供が殆どでしょう。一見、恵まれているようにも見えます。しかし、そんな「恵まれている」はずの彼らは、同時に将来の糖尿病患者予備軍ともいわれています。

現在のままの生活を続けていれば、確実にこの生活習慣病が彼らの身の上に降りかかってくると予想されているのです——。では解決策とは何でしょう。やはり、適度な運動と正しい食事の習慣を身に付けさせるということだと思います。ここでは、男の私には食事について語れることがありませんので今回は省かせて頂きますが、ただ言えることは、毎日を塾通いやゲームに費やしている彼らに、週に何回かは青空の下で運動をさせる、

YANMAR
YA

本気で遊べる時間を採り入れることが必要だということです。

　若い時代に身体を鍛える、身体を〝創る〟という事は非常に大切なことです。単純に聞こえるかも知れませんが、これが大事なことなのです。病気というものはいつ襲ってくるかわかりません。

　来る病は避けられませんが、大病を小病にする事は出来る。心身ともに鍛えておくことでそれは十分可能になります。十年先、二十年先、現在の子供たちが三〇歳、四〇歳になった時のことを考えることが必要です。

「そんなことは後で考えればいい。それよりも今やることがある。今、目に見えてないことにお金を使う余裕はない」というのが大方の意見かも知れません。ところが、それをすることにより、将来彼らのために必要とされるであろう多大な医療費も、大幅に削減することが結果的には可能になるのです。

　健康に留意し、元気に壮年期を過ごして幸福な老年期を迎えることを誰しも望んでいると思いますが、その実現のためには、身体を鍛えること、適当なスポーツを楽しむことが大きな比重を占めていることは間違いありません。

Ｊリーグは、現在「百年構想」という名の下で多くのことを実現していくために力を注いでいます。日本のサッカーにとって必ずや有意義なことが成されると私も期待していますが、ワールドカップに際しては他の大勢の方々の活発な働きも見られます。例えば、地方の自治体や各都道府県が、そして地方都市が巨大スタジアムの建設に取り掛かっています。

全国八十七の市町村が海外からのチームのためのキャンプ地、練習場の招致を希望しています。競技場のフィールドの芝生作りにも最低二年はかかりますが、これも着々と進められています。

それまでスポーツ施設など何もなかった、望んでも何も作れなかった場所に、立派な設備を持った建物や競技場が置かれることになります。

現役時代の筆者

ワールドカップが始まると各国の選手たちの見事なプレーが数多く繰りひろげられ、たくさんのサッカー少年たちが胸を躍らせながらそんな選手たちを見つめるのかもしれません。そして、将来自分もここでプレイしたいという夢を持つことになるのでしょう。

当然のことですが、ワールドカップが終わったからといって、それまでに設置された施設を撤去してしまうわけではありません。地域の人々の生活のなかで活用されていくために、将来にわたってそれを維持していかなければなりませんが、そこのところが大事なことですし、私の「仕事」はこのワールドカップの後から始まるのだと思っています。

これまでの政策のなかで、一般の、いわゆるスポーツ選手でもない人たちが、気軽に毎日の生活の中で、身体を動かしたりスポーツを楽しんだりする場所の設置というものが遅れていたことに対して、今回のワールドカップ開催を、それまでの認識の遅れを取り戻す機会へとつなげていかなければなりません。

実際、学生は学校の体育館で、企業は企業の持つ施設でというように、スポーツを取り巻くこれまでの環境はごく限られていました。しかしこれからは、少子化と高齢化の問題等で、その形というものは、好むと好まざるとに関わらず変わっていくことでしょう。

学生や企業というものに属さない「地域スポーツ」こそが重要になっていくのです。必然的に二十一世紀には、街や市や村にこのシステムを根付かせ、その中から優秀な「選手」を強化していく必要が出てきます。

それではその財源をどうするか、学校なら文部省の予算でやればよかったものを、企業なら企業で担っていたものを、国の政策、あるいは地方自治体の政策のなかで、どういう具体的な手段と方法で取り扱っていくかということが問題になってきます。

勿論、それは私一人で出来ることではありません。国の政策、地方の行政の政策に携っている人たち、スポーツに携っている人たち、そしてスポーツの分野以外のあらゆる人たちを通して意見をまとめて一つのものを実現していかなければなりません。

日本の未来を担う青少年の健全な成長を見守り、将来の日本の活力、力強い日本の原動力を育《はぐく》んでいくこと、この作業を延々と繰り返しながら日本の中のスポーツは発展していくでしょう。このような姿勢を途切れさせないように、心を伝えながら躍進していくのです。

これまでスポーツが身体に及ぼす効果的な影響を中心に書いてきましたが、精神に与える影響も忘れてはいけないと思います。

自分自身を活性化し、時代に追い付いていく順応性と強固な意志を支えることにスポーツは確かに大きな役目を果たします。心身ともにフレッシュであることで「夢」も実現していくのです。身の回りの急激な変化に絶えられずに、多くの若い人たちが、何の目的も持てず町でたむろしている姿を見ていると、私は非常に残念に思います。

「夢」を見ることが大事なのです。勿論、これはスポーツに限ったことではありません。

読者の方々の中には事業をしておられる方もいらっしゃるかと思いますが、会社を創業された頃は、ご自分お一人、あるいはごく少数の従業員で仕事を立ち上げたかと思います。そして次第に、五人、十人、二十人、あるいは百人と、共に働く仲間も増えていったことでしょう。しかし、それでも夢は一向に終わることなく、会社を国際的なレベルにしていくという次なる目標がおありかも知れません。

皆さんがそれぞれの世界で夢をお持ちのことでしょう。個人的なこと、プライベートなことに政治が口を出すことではありませんが、生きる上での指針を持つことができる政治を実行することで、色々な方たちの暮らす環境に対して「テコ入れ」をし、皆さんの夢にお役に立てる事がきっとあると思います。

さて、日常、皆さんは何か身体を動かしていらっしゃいますか。お子さんやお孫さんたちはいかがですか。今度の日曜日にご一緒に戸外にでも出て楽しまれてはいかがでしょうか。そして二年後のワールドカップには是非、皆さんで会場にいらっしゃいませんか？

初出誌　平成十二年四月　エッセイ集「窓」第十集

釜本邦茂　プロフィール

昭和19年4月15日（1944）京都市に生まれる
昭和29年（1954）京都市立太秦小学校4年生でサッカーを始める
昭和37年（1962）京都府立山城高等学校3年生の時ユース代表で初の海外遠征
昭和38年4月（1963）早稲田大学商学部入学、日本代表Bチーム
昭和39年10月（1964）東京オリンピック日本代表
昭和41年秋（1966）関東大学リーグで史上初の4年連続得点王
昭和42年4月（1967）ヤンマーディーゼル（株）入社
昭和43年1～3月（1968）西独、ザールプリュッケンにサッカー留学

昭和43年10月（1968）メキシコオリンピックに出場し、銅メダル獲得。さらに同大会の得点王。日本サッカーリーグで初めての得点王（14点）

昭和45年（1970）日本サッカーリーグ、2度目の得点王

昭和46年（1971）〈全日本サッカー選手権・ヤンマー2度目の優勝〉

昭和48年5月（1973）〈日本サッカーリーグ・ヤンマー初優勝〉3度目の得点王

ミュンヘン・ワールドカップ予選出場

昭和49年（1974）〈日本サッカーリーグ・ヤンマー優勝〉同大会、得点王。100ゴール達成

昭和50年（1975）〈全日本サッカー選手権・ヤンマー優勝〉（得点王・アシスト王）で史上初の二冠達成

昭和51年（1976）〈日本サッカーリーグ・ヤンマー優勝〉同大会、得点王

昭和52年（1977）日本代表チームを引退。ヤンマーの監督に就任（プレイングマネージャー）。　日本サッカーリーグ、得点王

昭和56年11月1日（1981）前人未到、不滅の200ゴール達成

昭和59年2月13日（1984）現役引退を表明。以後、監督専任

昭和60年2月18日（1985）ヤンマーの監督を辞任

平成3年8月（1991）Jリーグ入りが決まった松下電器の監督就任

平成7年1月（1995）　パナソニックガンバ大阪監督就任
平成7年7月（1995）　参議院議員当選
平成10年7月（1998）　(財) 日本サッカー協会副会長就任
平成11年7月（1999）　2002年強化推進本部本部長就任
平成12年2月（2000）　自由民主党副幹事長就任
平成12年2月（2000）　参議院自由民主党副幹事長就任

所属委員会・部会

(自民党) 宇宙開発特別委員会副委員長
(自民党) 教育・文化・スポーツ関係団体委員会副委員長
(自民党) 沖縄振興委員会副委員長
(自民党) 大阪湾ベイエリア開発推進特別委員会副委員長
(自民党) 女性・社会教育・宗教関係団体委員会副委員長

著　書

「熱いハートを燃やせ」(知識社)
「サッカーの達人」(ポプラ社)
「熱血サッカー読本」(駒虎書房)

座右の言葉　殺身生民

公　約

スポーツ文化に力を注ぐ政治の実現
フェアプレイの政治
２００２年ワールドカップ日本招致

肩　書

自由民主党副幹事長
参議院自由民主党副幹事長
（財）日本サッカー協会副会長
元日本代表（東京・メキシコオリンピック代表）
２００２年強化推進本部本部長
ＪＡＷＯＣ理事
スポーツ議員連盟常任理事
日韓議員連盟幹事
２００２年ワールドカップ推進国会議員連盟常任幹事
大阪市スポーツ振興審議会委員

めざめよ 日本

事業家　能勢雅司

　まもなく二十世紀が終わり、二十一世紀を迎えようとしています。世紀の変わり目のいま、この日本という国はどういう状況にあるでしょうか。

　政治の世界を見れば、与野党ともに真の理念も志もなく、ただ数合わせの離合集散を繰り返し、経済界もまた、バブルに浮かれたツケからいまだ抜け出せないまま右往左往するばかりです。一方、目を社会に転じれば、オウム真理教まがいのカルト集団が次々に現れ、取り締まるべき警察はうち続く内部スキャンダルにまみれ、学校では相変わらずのいじめ、自殺に加え、生徒による教師への暴力、教師による生徒へのセクハラ。

　懸命に働き続け、いまの日本の繁栄の基礎を築きあげた人たちは、いまや〝年寄り〟と呼ばれ、介護保険の名のもと、まるで産業廃棄物のように扱われ、街に出てみれば、世界でもマレなほど礼儀知らずの若者がわが者顔に横行、おまけに、いったいどこの国の人間なのか目を疑うばかり真っ黒の顔に真っ白の唇、金髪に厚底靴の女の子たちが闊歩する……。

あげていくとキリがありません。文字通り世紀末の様相を呈していますが、これがわが日本の現実の姿です。外国人なら眉をひそめ目を覆って通り過ぎれば済みますが、ことは私たちの国の問題です。嘆き、目を覆うだけではなにも解決しません。いったいなぜ、こんなふうになったのか。私たちがみな、ともに乗っているこの日本丸という船は、これからいったいどこへ向かおうとしているのか、それを冷静に見極めねばなりません。

もともと日本人という民族が、いまの状況が示すような骨抜きで浮かれきった、志もなくだらしない民族であったならば、これはもう諦めるしかないでしょう。しかし、そうではありません。つい五十年あまり前の、戦争前後の時代を思い起こせば、それは自明のことです。

ごく普通の市民が、愛する妻や子が暮らすこの国を守るため黙って戦地に赴きました。南海の島やジャングルの中、食糧や弾薬も尽き果て、泥水をすすり樹皮を噛んで飢えをしのぎ、それでも日本本土への敵襲をたとえ一日でも遅らせようと、果敢に戦い抜き、死んでいきました。

それら無数の名もなき兵士たちの死に報いようと、生き残った日本人たちは廃墟の真っただ中から立ち上がりました。大人は歯をくいしばって働き、子供は懸命に学び、そうして今日の繁栄の基礎を築きあげたのです。

年輩の方ならどなたもご記憶のように、半世紀前の日本人は、戦争に敗れた民族としてだれもが無一物で飢えていましたが、しかし、心は失っていませんでした。長幼の礼をわきまえ、師や親を敬い、恩義には篤く報いました。なにが徳でなにが恥か、言葉にせずともだれもが分かっていました。勤勉、礼節、団結。それは戦前から連綿と続いてきた日本独自の精神であり、日本人がよって立つ誇りだったのです。

それがわずか五十有余年で、完膚なきまでに崩れ去ってしまいました。いま私たちがいる日本は、経済的繁栄とひきかえに最も大切なものを失ってしまいました。もし、南方の地に冥《ねむ》る兵士たちがよみがえり、いまの日本をまのあたりにすれば、いったいどう言うでしょうか。しばしの絶句のすえ、

「これは日本ではない。こんな国にするためオレたちは自分の命を捧げたのではない」

英霊という言葉すらもはや死語となったこの国で、私は自分のなかの英霊の声に支えら

れ今日まで生きてきました。そして、彼らの声なき声に背を押されながら、目前に二十一世紀を迎えようとしているいまこそ、現在の日本のよって来るところを説き明かすべく、筆をとりました。

戦勝者による情報戦争

その国にとって自国の歴史というものは、なにものにも代えがたい重要な意味を持ちますが、それはその歴史が、あくまでも真実の筆によって記録されているという前提に立ってのことです。しかし、歴史は往々にして巧みに書き替えられるのです、国家間の戦争をはさむ場合はことにそうです。

先の太平洋戦争は、日本側が真珠湾を一方的に攻撃したことから始まった――戦前戦後を通じて一貫してそう言われ続け、「卑怯な日本」というイメージが、欧米は勿論、日本人の間にすら定着してしまいました。果たしてそれは真実なのでしょうか。

日本が先制攻撃をしかけたことは事実ですが、真実は事実の奥に隠れています。日本の攻撃は、当時、ＡＢＣＤラインと呼ばれていた米、英、中、蘭各国の共同戦線による不公平な経済封鎖に苦しめられたすえの決起でした。そして国連法では「経済封鎖を受けた国が、相手国に対抗措置をとってもそれを侵略行為とはみなさない」と明記されていたのです。つまり、日本の攻撃は国際法的にも、違反ではなかったのです。

ところが、それはまったく無視され、「日本の卑怯な一方的な侵略攻撃によって戦争が勃発した」とのみ記されるようになりました。ここに第一の情報操作がありますが、さらに決定的な情報操作が行われていたことが、近年になって分かりました。米国の公文書館に残っていたある機密文書が発見されたのです。そこにはこう書かれていました。

「真珠湾攻撃は、わが米国側において用意周到に練られた計画であった。その計画に、日本軍部が予想通り乗ってきたものである」

当時の大統領ルーズベルトのサインまであるこの文書の意味するものは、あえて説明するまでもないでしょう。

真実を覆い隠すための情報操作は、当然ながら、常に戦勝者の手によってなされます。第二次世界大戦の終わったあと、東西陣営で極めて大がかりな情報操作が行われました。

ヨーロッパではナチス・ドイツのユダヤ人大虐殺が華々しく喧伝されました。発表ごとに犠牲者の数は増え、しまいには六百万人というあり得ない数字にまで昇りました。伝えられるその残虐さに世界中の耳目が集まったのですが、この情報の裏にはなにがあったのでしょうか。

ご存じのようにヨーロッパ列強は、数百年間にわたって資源や労働力豊富なアフリカ、アジアを植民地として支配し、苛酷極まりない手段で搾取し続けてきました。ことにアフリカにおいては現地黒人を「黒い家畜」と称して牛馬のごとくこき使い、あげくは奴隷船に積み込み、欧米各国に〝輸出〟しました。その累計はなんと一億二千万人にもおよびます。しかし、粗末な積み荷専用の船底に押し込まれ、汚い飲料水や腐ったような食事しか与えられなかった黒人たちは、恐ろしいことにその半数六千万人が途中で死んだのです。

当然、現地アフリカには怨嗟の声があがりますが、武力による植民地支配が圧倒的なため、その声はいつも押しつぶされていました。しかし、第二次大戦はその過程において、被植民地各国に独立の機運をもたらしました。その火の手は、アフリカと同じように苛酷な搾取にあっていたアジアの各国からあがり、やがてアフリカにも飛び火していったのです。

大戦終了後、実際、アジア、アフリカ諸国は次々に独立を果たしますが、悪がしこくも勘の鋭い列強（連合国）は、かつての暴虐に対する怨嗟《えんさ》の声が自分たちに向けられるのを予期し、一斉にナチス・ドイツの残虐ぶりを喧伝したのです。つまり、敗戦国ドイツに非難の声を集中させ、目をそらさせたわけです。

まったく同じことが、アジアでは日本を対象にして行われました。ここでは、三百年の植民地支配に加え、アメリカが犯した広島、長崎への原爆投下、東京大空襲など、非戦闘員に対する無差別虐殺という犯罪行為をすり替える必要があったのです。それは、巧妙に作り出された「南京大虐殺」を始めとするアジア各地での日本軍の「残虐行為」であり、「平気で残虐な行為をする猿のような日本兵」という絵柄でした。

それらがいかに虚偽であり誇張であるか、二十年にわたり実際に南方の戦地を尋ね歩いた私は、身をもって知りました。「日本の兵隊さんは優しかった」という声を各地で耳にしましたが、それについては、これまでのこのエッセイ集でも何度か述べましたので、あえて繰り返しません。

私が言いたいことは、戦勝国側によるそういうすり替えは、もはや情報操作を超え、報道を利用した情報戦争だということです。これからの戦争は戦車や鉄砲ではなく、情報が最大の武器になることを見抜いた戦勝国側は、敗戦で打ちひしがれていたドイツと日本に、追い討ちをかけるように情報戦争をしかけ、成功をおさめ目的を達したのです。

その証拠に、アフリカの人たちの怨みの声は、ナチス・ドイツを糾弾する圧倒的なシュプレヒコールの前にかき消されてしまいました。わが日本でも、徹底的に日本軍・日本兵士の「旧悪」が取り上げられたすえ、肝心の日本人までがそれをうのみにし、歪められた自国の歴史を疑うことすらしなくなりました。その最たる象徴が、先年、二人の総理大臣がそれぞれ行った謝罪外交、土下座外交でしょう。

アジアの行く先々で「日本は悪いことをしました」と、頭を下げて回るご本人は人気取りのつもりかもしれませんが、アジア各国の指導者にとっては失笑ものです。なぜなら、彼らは「自分たちの国が独立できたのは、日本のおかげ」と思っているからです。

そんなことも知らない一国の宰相が謝罪ばかりしていれば、そのツケは賠償という形で必ず国民に返ってきます。しかも、その賠償は、それこそ先の戦争とはまったく無縁の、つぎの世代の日本人たちが負わされるのです。そこまで見通したうえで謝罪外交をしたのでなければ、一国の首相としてあまりにも無責任と言わざるを得ません。

賠償ということで、ひとつの例をあげましょう。「南京大虐殺」がありとあらゆる報道機関を利用して、大々的に糾弾されました。

「犠牲者」が当時の南京の人口を上回るという、ちょっと冷静に考えれば真偽のほどが分かるはずなのに、情報戦争に屈服させられた日本政府は、中国に対し毎年二千億円という巨額の無償援助を十五年間にわたって支払わされることになったのです。

この南京大虐殺に関しては、私はかねがねアメリカと中国のあいだで何か裏取り引きがあったに違いない、と見ていましたが、近頃になって、アメリカのあるジャーナリストがこう指摘しました。

「アメリカは多くの国からの移民によって構成されている。移民たちの不平不満を吸収し自分の側に取り込むことがアメリカ政府にとって重要な政策であり、中国系移民を取り込むために描き出した壮大な虚構が、日本軍による『南京大虐殺事件』である」

さもありなん、情報戦争の威力に改めて思いをいたしたものでした。

こうして報道やマスコミを利用して大々的に情報戦争をしかけ、戦勝国側は自分たちの旧悪をみごとに覆い隠しましたが、それで終わったわけでありません。占領軍として日本を支配した戦勝国、つまりアメリカはその占領政策として「日本大改造」を画策したのです。

いまだ続く占領政策の枠組み

ご承知のように昭和二十年八月、日本は戦争に敗れ、アメリカを中心とする連合国の占領下に組み入れられました。以後、昭和二十七年の講和条約締結にいたるまで独立国家としての主権を奪われ、占領軍に隷属させられていました。

その時期、占領軍は日本を今後どのような国に改造するか、策を練りました。その狙いは、やがて復興する日本に自分たちを脅かすパワーを持たせないということでした。なぜなら、彼らの中には日本人に対する恐れが強くあったのです。戦時中、自分たちの何十分の一の兵力、物量しかないにもかかわらず、あらゆる戦場で果敢に戦い抜いた日本兵たちの精神力に対する恐れです。その恐るべき愛国心、忍耐力、忠誠心を削ぐこと、端的にいえば「骨抜き国家日本」を造り出す。

その占領政策が、民主主義導入という美名のもとに着々と進められました。

まず、憲法の制定です。「平和憲法」といううたい文句で独自の軍事力を持つことを禁じました。これがどういう意味かといえば、ある国が独自の軍事力を持っていないということは、世界のなかで外交能力を持てないことを意味します。

第二次世界大戦後、世界各地でいくつかの地域戦争や紛争が起きましたが、日本は一度たりともその解決のため尽力したことはありません。したくともできないのです。紛争解決のため、資金の拠出を求められはしても、発言力は無く、相談を受けることすらありませんでした。これこそ、が国連に世界最大の資金を拠出させられながら、独自の軍事力を持ってない日本の情けない外交の姿です。

日本に軍事力を持たせないことの根拠として「日米安保条約があるのだから」というのがアメリカの言い分であり、また多くの日本人もそう信じこまされています。一朝有事の際は、沖縄を始めとする在日米軍基地から米軍が出動し、日本を守ってくれると信じ、疑おうともしていません。

すべてとんでもない錯覚であり、幻想です。つぎにその証拠の一端をお話しましょう。

アメリカの最高軍事決定機関に〝軍事秘密委員会〟というのがあります。その委員会では、世界各地の有事に際しての取決めをあらかじめ行い、最高機密にしています。ところが、アジアのある国の情報部が機密文書を入手しました。そこには、世界の紛争火ダネである中東地域とアジア地域についての取り決めが記載されていたのです。

それによると「中東にことあれば、日本海に駐留する第七艦隊を出動させる」となっているのです。これがなにを意味するかお分かりでしょうか。在日米軍が動いてしまえば、日本は空っぽになります。そのとき、北朝鮮や中国がどう動くかという可能性も想定した上で、アメリカは中東の方を選んでいるのです。つまり、アメリカにとって石油の宝庫サウジアラビアの方が、日本よりはるかに重要だということです。

これは、名前を明かすことはできませんが、機密文書を入手したアジアのある国、その指導者層の一人から私が直接聞いた確かな情報です。「安保条約は日本を守るためにある」という通説はまったくの幻想であることがお分かりいただけたと思います。安保条約のもと、在日米軍の莫大な駐留費用を日本が負担しながら、その中身は実は空っぽなのです。

「いや、日本には防衛庁があり、自衛隊という立派な軍事力がある」とおっしゃる方もおられるかも知れません。自衛隊は確かに軍隊らしい形は持っていますが、問題は、いざというときにその能力を発揮できるのかということです。

どなたにも分かる例をとれば、つい先頃の北朝鮮から飛んできたミサイルに対し、自衛隊はいったい何ができたでしょうか。手も足も出ませんでした。これでは軍事力どころか、自衛という看板すら降ろさねばなりません。また、北朝鮮のスパイ船らしき不審船が日本の領海に潜入する事件もありました。あのときも、結局、まんまと逃げられてしまいました。

話のついでにいえば、北朝鮮のミサイルのひとつは日本海に落ち、もうひとつは日本を横断し太平洋に落ちました。つまり、北朝鮮は日本にミサイルを落とす能力を持っていることをあからさまに見せつけたのです。

日本人は度肝を抜かれ、政府は慌てふためきましたが、これだってよく考えてみると奇妙なことに思い当たります。というのも、アメリカは軍事衛星によって地上の十センチ大の石さえ、常に正確にとらえています。また、アメリカの情報網は世界の隅々までくまなく行き渡っています。しかも、ワシントンでは毎週のように米朝会談が開かれているのです。そのアメリカ当局が、北朝鮮がどこの地下にミサイルを隠し、それをいつ発射するのか知らないわけがありません。

さらに、日本には沖縄、横田、八戸などの基地に米軍が駐留しています。北朝鮮のミサイルによって、自国の将兵を危険にさらすことを黙って見過ごすはずもありません。どう考えても、アメリカは北朝鮮のミサイル発射を事前に知っていて、それが自分たちに被害の及ぶものでないため、黙認したとしか思えません。

推論をもとに断言するのは避けねばなりませんが、私の言いたいことは、こういう事件が起きるたびに思い知らされるのは、日本に独自の軍事力を持たせないようにした憲法だということです。憲法とは、いうまでもなく国の根幹をなす背骨のようなものです。自分たちがつくったものでない憲法によって縛りつけられ、ことあるごとにうろたえているような国は、世界で唯一日本だけです。

このように、軍事力を持たせないという占領政策は、もののみごとに今日まで生きていますが、これだけではありません。

昭和二十七年、日本は講和条約締結によって被占領期を終え、念願の独立を果たしましたが、それは建て前だけの独立に過ぎません。なぜなら、最も大事な、近隣諸国との領土問題が残されたままの独立だったからです。

当時のソ連とのあいだに北方領土問題、韓国との間には竹島問題、そして台湾とは尖閣列島問題。どれも難問であることは、どれもがいまだに未解決であるということが証明しています。そして、古今を通じ、国と国との紛争は常に領土問題に端を発します。

そういう紛争の火ダネを押しつけたまま、形式的に独立を許す。ここにも占領政策の意図がはっきり見えます。つまり、戦後五十年余り、日本はいまだに占領政策の枠組みのなかに組み入れられたままなのです。

伝統・文化の破壊、そして歴史の改ざん

独自の軍事力を持たせず、領土問題を残したまま独立させる。これが占領政策の大きな枠組みですが、実はそれは外枠にすぎず、政策は日本人の内部にまで、即ち精神改造にまでおよびました。

つまり、日本の「骨抜き」政策です。具体的にいえば、日本固有の伝統や文化をことごとく否定することです。それらをすべて「悪」として葬り去り、代わって欧米流の思考法や物質文明を注入したのです。

教科書はいたるところ墨で塗りつぶされ、古い考えの教師を糾弾することが、新生日本の象徴のように称えられました。実際、各地の学校で教師の吊し上げ事件が起きました。生徒が先生を罵倒し、吊し上げる、と、昨日までは思いもよらないことが現実に起き始めたのです。それらはすべて民主主義という美名のもとに行われました。

まだ十分に分別のつかない子供たちは、いわれるままにそうしたのですが、それは、のちの中国で、毛沢東にあやつられた紅衛兵が暴虐の限りを尽くしたのと同じ質のものでしょう。そんな有様に心を痛めながらも、占領軍の圧倒的な力を前に教師や親は、耐えるし

かありませんでした。

また、カネやモノにこそ至上価値があり、自由競争という原理のもと、それを得るためには手段も選ばず、人を踏みにじってもいいという風潮も植え付けられました。これも、日本の伝統精神とはまったく相反するものですが、いつの時代にも、いち早く風潮に乗る変わり身の早い人間はいるものです。彼らが、占領政策を利用して私腹を肥やすのを、一般の日本人は苦々しく見ていました。

つまり、多くの日本人はそうやすやすと骨抜き政策に組みすることはしなかったのです。戦争に負けたとはいえ、日本人の魂、誇りまで売り渡してたまるか、そういう気概をだれもが胸底に秘めていました。また、戦争は終わりましたが、つい先日まで米軍の激しい空襲の下を逃げまどった記憶は、消そうとしても消せないものでした。

私自身もそういった体験者のひとりですが、彼らは、それが小学校と分かっていて、攻撃してきました。校庭に飛び出し、防空壕へ向かって逃げまどう生徒たちめがけ、米軍パイロットは頭をかすめるような低空飛行をしながら、機銃掃射したのです。まわりで、バタバタと友達が倒れていきました。私が生き残ったのは、ただ運がよかったとしかいえません。

三月十日の東京大空襲も、私は体験しました。大人や若者はすべて戦地に赴き、当時の東京には女子供と年寄りしか残っていませんでした。それら非戦闘員の頭上に、米軍は雨あられのごとく爆弾を降り注いだのです。それはまさに、無差別殺戮そのものでした。幼な子を胸に抱いたまま焼け焦げた母子など、数え切れないほどの死体を私自身のあたりにしました。

そんな体験をしたうえ、つぎは進駐してきた占領軍の暴行です。私の家の近くに、祖父と孫娘二人がバラック小屋を建て暮らしていました。そこへ、占領軍兵士たちが押し入り、孫娘二人を犯したのです。娘さんたちの悲鳴や泣き声が聞こえましたが、日本の警察はまったく無力で手出しできません。上の娘さんは性病をうつされ、あとで狂い死にしました。

実に悲惨な話ですが、終戦後の日本で、横暴のかぎりをつくしたのは、実は占領軍だけではありませんでした。第三国人と呼ばれていた人間たちも、好き放題のことをしたのです。少し横道にそれますが、いま、私は「第三国人」と述べました。この言葉に思い当たる方も多いでしょう。先頃、石原慎太郎都知事が発言し、「差別用語だ。けしからん」と四方八方から非難の矢を向けられた言葉です。東京や大阪などの大都市で戦後のあの時期を体験した方、あるいは少しでも当時のことを学んだ方なら分かるはずですが、「第三国人」

とは差別用語などではありません。まったく逆の意味だということを、ここで説明しておきます。

第三国人とは当時日本に住んでいた朝鮮半島南北、台湾、そして中国出身者のことで、彼らは戦争に勝利した連合国、敗れた日本、そのどちらでもないことから「サード・パーソン」、つまり第三国人と連合国側から名付けられたのです。そして、彼らは占領軍と同じく日本の法律の及ばない存在でした。

闇市を仕切り、日本人を殴り蹴り血まみれにする、若い日本人女性を犯す……占領軍と同じような、むしろ、それ以上に横暴のかぎりをつくしていたのが第三国人でした。日本の警察は目の前で日本人が血だらけになっていても、相手が第三国人となると、まったく手出しできなかったのです。

暴力だけでなく、日本人の土地をタダのような値段で無理やり買い上げ、あくどい商売で儲けた金で大邸宅をかまえ、これ見よがしに高級車を乗り回し、片っ端から美人女性を愛人にしていたのも第三国人でした。つまり何をしても許される存在、そういう日本のなかの特権階級が第三国人だったのです。

横暴のかぎりをつくしても許される彼ら、飢えに苦しむ日本人を嘲笑するような贅沢三味の彼らを見て、当時の日本人は「あの人たちは第三国人だから、しょうがないなぁ」と、だれもがあきらめていました。特権階級である彼らに対するあきらめがこめられた用語、それが「第三国人」です。

いったい、どこが差別用語なのでしょうか。まったく反対です。こういう事実も知らず、石原知事の発信を鬼の首でもとったように騒ぎたてるマスコミやタレント文化人、果ては「関係諸国に申し訳ない」と詫びる外務大臣や閣僚……これまた骨抜き日本を象徴する情ない状況です。

さて、話が横道にそれましたが、占領軍や第三国人の横暴を、敗戦国民の定めとして、文字通り耐えがたきを耐えるしかなかったのですが、そういう日本人の誇りをズタズタに引き裂くような占領軍に対する憤怒と怨嗟の声は、目に見えぬところで高まっていきました。

ところが、ここで占領軍がとった政策は、やはり実に巧妙なものでした。

ひとつは、食糧です。これは経験したことがない人には分からないでしょうが、人間にとって飢えほど苦しいものはありません。死線ぎりぎりにまで飢えれば、一片のパンの前に高貴な人も膝を屈するものです。

まさにそんなとき、アメリカから大量の食糧が運び込まれてきました。それは家畜用のエサで、おまけに牛や馬でさえそっぽ向くような古いものでした。いくら湯に通しても柔らかくならない代物でしたが、それを与えられた私たちは喜んで食べました。他になにも食べるものが無いのです。飽食のいまの日本人なら卒倒するような食べ物ですが、私たちがそれに救われたのは事実です。

そして、もうひとつは天皇制です。日本および日本人を徹底的に解体するなら、最後は日本古来の天皇制廃止に行き着くでしょう。当然、占領軍もそれを考えましたが、もし天皇制を廃止すれば、最後の拠り所を奪われた日本人が死に物狂いで抵抗することを予期しました。そして、天皇陛下からすべての権力をはぎとり、人間宣言をさせたうえで、象徴というあいまいな形で存続だけはさせることにしたのです。

最低の食べ物であれ飢えは満たせてやる。あいまいな形であれ天皇制は残す。極限状況にある人間は、悲しいかな、施しばかりに目がいきます。アメリカ人というのは良い人間なんだ、民主主義というものは素晴らしいんだ、そう思っても仕方ないかも知れません。

そういう施しの一方で着々と進行していたのが、日本の伝統・文化の破壊であり、先に述べたような数々の歴史の書き換え、改ざんでした。さらに、軍事力を持てないよう憲法で縛りつけ、領土問題を残したまま独立させる。占領政策のなかに一貫して見られるのは、いわばアメとムチの巧妙な使い分けにほかならないのです。

そうやって日本人を骨抜きにしながら、通商経済だけは自由にやらせたのです。勤勉な日本人はひたすら働き続け、やがて世界の奇跡といわれる復興を遂げ、さらには未曾有の経済的繁栄を謳歌するまでになったのです。それは、アメリカの予想をもはるかに上回るものでしたが、そこから生まれた新しい日本人たちはどんな人間でしょうか。

自国の伝統・文化に無知であることはいうまでもなく、改ざんされた自国の歴史を疑いもせず、精神の背骨である日本人の美徳、誇りをも失ってしまった、いわば日本人に似て非なる人種です。つまり冒頭であげた、世紀末日本を横行している人間たちです。

日本人よ、誇りを取り戻せ

見てきたように、日本にとってこの半世紀余の歳月は、戦勝者側のコントロールのもと、日本が非日本化する道のりでした。そのコントロールがあまりに巧妙だったため、主だった政治家から一般国民、マスコミまでみごとに取り込まれてしまいました。それは、先に述べた謝罪外交の総理大臣の例が如実に証しています。

外国へ行って「日本は悪いことをしました」と頭を下げれば、それが「良心的」態度としてマスコミに評価されるという風潮がいつのまにか根づいてしまいました。首相がそうなのですから、他の日本人もみな右へならえです。たとえば知識人と呼ばれる人たちが、やはり同じように「日本は悪い」とアジアで触れ回り、あげくは「慰安婦問題」などを鬼の首でも取ったように振りかざしています。

それに乗せられ、一般の若い日本人旅行者までが「日本は悪い、ひどいことをした」としたり顔で言います。そう言えば、相手に褒めてもらえると思っているのです。

私はアジア各国に友人を持っていますが、彼らは一様にこう指摘します。

「いったい日本人はどうして、あんなに自分の国を悪く言うんですか。自分の国に対してなんの誇りも持ってないのですか。もしそうなら、そういう人間をわれわれは信用できません。なぜなら、自分の国や民族に誇りを持つことのできない人間は、つきあう相手を平気で裏切ります。そういう人間だけは友人にしたくないですね」

まったくその通りだと思います。誇りのない人間は信念も志もなく、さらには自分自身もない人間です。東から風が吹けば西になびき、西から風が吹けば東になびきます。ひとつ例をあげましょう。

先年、中国の江沢民主席が初めて来日しましたが、何かの都合で日程が延期になったことがありました。来日が決まったとき、政治家のなかから「この際、アメリカとは離れて中国と手を結び第三勢力を築くべきだ」という声があがりました。そして来日が延期になり、その間に、故意か偶然か、北朝鮮のミサイルが日本に飛んできました。とたんに、彼らはあっさりと前言をひるがえし、こういいました。「やはりアメリカと仲良くすべきだ」。これが誇りを持たない人間です。時計の振り子のようになびく自分を恥と思っていないのです。少なくとも戦前の政治家は、立場が右であれ左であれ、自分の信念を曲げることをなによりも恥ずべきこととしていました。

左といえば、戦後日本の左翼陣営は、「反米」を旗印に「反戦平和」とか「護憲」とかをうたい文句にしてきました。そうすることで、日本の「良心」を代表していると自認していますが、話はまったく逆です。

なぜなのか、ここまで本稿を読んでいただいた方にはもうお分かりのはずです。「反戦護憲」といううたい文句は、日本に独自の軍事力を持たせないことを憲法で縛った占領政策にみごとに合致しています。つまり、反米をとなえながら、その実、戦後一貫してアメリカの占領政策を支えてきたのが日本の左翼陣営なのです。

いま、私たちの日本は、このような奇妙な状況のまま、世紀末をただよっています。大人も子供も日本人の誇りを失い、失ったことも自覚できないまま、ただただ刹那的に流されています。ことに二十一世紀を担うべき若者たちの、日本人であることすら忘れたような有様を見るとき、暗澹《あんたん》たる思いにとらわれるのは私だけではないでしょう。

しかし、彼らとて、身体のなかには父祖からつながる日本人の血が脈々と流れているのです。いつかはそれに目覚めるはずですし、私たち先人のなすべきことは、その目覚めを導くことではないでしょうか。

筆者近影

そのためには、教育問題をはじめ課題は山積していますが、私はまず、これまで述べてきたように、現在の日本の歪みの出発点である憲法を、改めてきちんと論議することから始めるべきだと思います。

その取り掛かりとして、アメリカが明確に「日本の現行憲法は、占領政策のためつくった憲法だ」と認めていただきたい。ディスクロージャーの国、自由の国・アメリカならそうするのが責務であろうし、そこからこそ、日本は誇りある真の独立に目覚めることでしょう。

国境なき医師団の活動とノーベル平和賞

国境なき医師団日本事務局長　ドミニク・レギュイエ

国境なき医師団国際憲章

国境なき医師団は、天災、人災、戦争などあらゆる災害に苦しむ人々に、人種、宗教、思想、政治すべてを超え、差別することなく援助を提供する。

国境なき医師団は、普遍的な医学倫理と、人道的な救済の権利の名のもとに、何にも妨げられることなく、その職務を中立と公平な立場で行う。

国境なき医師団のメンバーは、その職業道徳に従い、すべての政治、経済、宗教とは関わりなく任務を遂行する。

国境なき医師団のメンバーとその権利の継承者は、任務中に生じる危険および損害に関し、国境なき医師団によって支払われる補償以外のいかなる補償の権利も要求しない。

一九九九年度のノーベル平和賞が、私たちの活動に授与されたことは、国境なき医師団の二〇世紀の最後を飾る記念すべき出来事でありました。これは先人たちのたゆまぬ努力と大きな苦労、この活動に思いを託して信頼、支援をして下さった大勢の方々の賜物であります。

受賞の理由として挙げられた「あらゆる災害に苦しむ人々に、国家・政治の壁を超えて高度に組織化された援助を提供するという理念を、高い独立性を保ちながら実現してきたこと、援助活動を通じて、対立勢力の間に対話の道を開いたこと」は、私たちが活動の基本としていることであります。

一九七一年に数名のフランス人医師によって創設された非営利の民間団体（ＮＧＯ）である国境なき医師団（ＭＳＦ）は、現在、世界八〇余カ国で、二、五〇〇人以上のボランティア（医師、看護婦、助産婦、物資調達要員など）が援助活動に参加しております。

当時、国際赤十字などの呼びかけで緊急医療援助活動に参加した医師たちが、災害現地で直面する大規模な人権侵害や、人道援助を行なうための最低限の条件が保障されない状況での医療活動に、限界を感じるようになりました。この状況打開のためには、効率的な援助を実現するとともに、国際的な世論に訴える証言活動が必要だと判断した結果、国境なき医師団を創立しました。

私たちは、世界各国にある難民キャンプ、飢餓に見舞われた地域や自然災害の被災地、医療が行き届かない遠隔地、戦時下の街などで、診断、処方、手術のほか、衛生管理、栄養補給、医療施設の改修、現地の医療関係者のトレーニングなどを行なっています。

資金面では、冒頭の、「憲章」にうたった独立性と、組織の柔軟性を保つために、個人寄付を重要視しております。

〝国境なき医師団日本〟の活動

国際的な組織であるＭＳＦは、ヨーロッパ、アジア、アメリカの各国に一八の拠点を置いております。その一つである〝国境なき医師団日本〟は、一九九二年に事務局が開設され、これまで一〇カ所を超える活動地に、医師、看護婦、助産婦、物資調達要員（ロジスティシャン）を延べ三〇人派遣してきました。内戦による負傷者の外科治療（スリランカ）、部族間の抗争が生んだ大量の難民への食糧援助（ルワンダ）、難民生活を強いられる少数民族への援助（タイ）、睡眠病の治療と予防（ウガンダ）、阪神大震災時の医療援助（神戸）、医療が受けられない山間地の人々への医療援助（アフガニスタン）など〝国境なき医師団日本〟の活動規模は年々拡大しています。

こうした活動に必要な資金は、いかなる外的影響を受けることのない中立性を保つためにも個人の寄付を重視していますが、昨年は、支援者のみなさまのご理解による寄付が優に四億七千万円を超え、おかげで多くの地域に、人的、資金的な援助をすることができました。

世界各国には、ＭＳＦの援助を必要とする人々が大勢います。私たちは、より多くの方々に、人道援助についての理解を深めていただくための講演活動も積極的に行なっています。

世界の子どもたちの状況を理解するための「子どもレポーター」、ＭＳＦの活動を、学生の視点から支援する「国境なき学生（ＥＳＦ）」の活動、また、若いフォトジャーナリストを育成し、現地の実態を記録するためのコンクール「ＭＳＦフォトジャーナリスト賞」も開催しています。

昨年一〇月、ＭＳＦ日本は、「特定非営利活動法人」（ＮＰＯ法人）として認証され、今後は、ＮＰＯ法人として活動することになりました。

ＭＳＦの活動の重要な仕事の一つにロジスティック（物資調達部門）があります。この活動の目的は、医療チームが行なう医療援助行為での必要な物流管理と補給路の確保、ミッションの活動環境をあらゆる状況下で整備することです。

昨年九月、日本人では初めてのロジスティシャンとして吉川恭生氏がコソボに派遣されました。

彼の報告によると、「セルビア系住民対アルバニア系住民の積年の怨念とＮＡＴＯの空爆が、まさに『瓦礫の山をつくっただけ』」のコソボで、虐殺死体を埋められた井戸から、それら大量の死体を取り除き、消毒し、水質管理の方法を村人に指導する「水質浄化プログラム」、点在する診療所を建て直す「診療所再建プログラム」、屋根を焼失した家屋に屋根を提供する「屋根再建プログラム」が組まれました。

吉川氏は、冬に向けて「気管支疾患の流行を防ぐ目的」で行なわれる「屋根再建プログラム」の一員として、六〇ケ村にものぼる村の居住者に関する情報収集と分析などを担当しましたが「本当に援助を必要としている家族を探すことは、真実と嘘を探すことでもあり、精神的にも難しい仕事だ。極限状況にある人々が嘘をつくことを、私は、理解しているつもりだったが、感情的にはならず、公平な判断をし続けることの難しさと必要性を自分自身に言い続ける毎日だった」と、その活動の厳しさを報告しています。

昨年〝国境なき医師団日本〟では、一二カ国の現場に一三回、一一人のボランティアを派遣しました。彼らは原則として六カ月間滞在しますが、スリランカのマドゥー難民キャンプで活動していた鈴木尚子医師のように、「宗教的、政治的圧力により、難民キャンプは強制的に閉鎖され」、「存在理由を失って」五カ月で帰国という場合もあります。

このように紛争地での活動には安全面での厳しい問題に直面しますが、私たちは、紛争当事者と可能な限り話し合い、自分たちの方針をしっかり伝え、理解を求める努力をしています。通信は、傍受されることを前提に暗号を用いるとか、移動の途中、兵士の検問でもエンジンを切らない、車から降りない、交渉時には常に冷静を保つなど、活動の原則を決めています。

状況が悪化したときに活動を続けるか否かは、住民への人道援助の必要性とMSFの医療チームが直面する危険とを比較し、たとえ援助物資を持っていても殺されては役に立たないことを考慮に入れています。現地のボランティアは、自分を取り巻く危険と、援助を求める人々の両方と向かい合いながら、毎日活動を続けています。

MSF日本では、国内での支援も行なっています。中でも、阪神大震災の被災者援助活動以来、山谷地区でも、日雇労働者・路上生活者らの医療面での支援を行なっている山友会と協力しています。

山友会クリニックでは、現在、鍼灸師二名、整体師一名、医師七名、看護婦十数名、看護学生数名がボランティアとして関わっています。MSF日本では、ここに看護婦一名を派遣し、資金援助も行なっています。ここで働くスタッフは、対象となる人々と向き合い、「何がこの人にとって一番いいのか」、「自立とは何か」を追及しています。

国境なき医師団は、世界各国に援助を必要とする人々がいるかぎり、彼らが笑顔を取り戻せるように、さらに活動を続けて行くでしょう。

ただ、私の話を終えるに当たって一言聞いていただきたいことがあります。

ご存じの方も多いかと思いますが、今世紀最初の年のノーベル平和賞受賞団体は、かの「赤十字」でした。そして百年経た今日、すなわち今世紀末に同賞を戴いたのが国境なき医師団です。

皆さん、私どもの行動は、「赤十字」の活躍と同様に、人間として当然のことなのではないでしょうか。その当然のことをしている団体に〝ノーベル平和賞授与〟です。

思えばこの百年の間、人類はいかなる進歩を遂げたと言えるのでしょうか。次の世紀こそ、こういう活動がごく当たり前の世の中になることを願ってこの章を終わります。

初出誌　平成十二年四月　エッセイ集「窓」第十集

ドミニク・レギュイエ　プロフィール

1952年7月5日　フランス・パリ生まれ
1971年　パリ第9大学にて企業経営学専攻
1975年　国立東洋語学院（Langues'O Paris）にて日本語学専攻
1979年　インド、スリランカ、タイ、フィリピン、香港を旅行
1980年　オーストラリアとニュージーランドに滞在
1982年　『アール・ド・ヴィーブル』誌（フランス・マグナム社）

広告担当チーフ
1983年　ベネズエラ、ブラジル、アマゾンを旅行
1984年　MSFフランスのミッションアドミニストレーターとしてエチオピア勤務
1986年　MSFフランスの企業向け広報（マーケティング）担当
1987年　MSFフランスの地方向け広報（地方議会、メディア）担当
　青少年向け広報（教育ビデオ、シリーズテレビ番組制作）担当
　タイ、グアテマラ、ギニア、コート・ディボアールのミッションに参加
1991年6月よりアラブ首長国連邦と湾岸ミッション担当
1992年2月より日本担当
11月よりMSF日本事務局長に就任し、東京に事務局を開設

人として役者として

俳優　宝田　明

　私が映画の世界に足を踏み入れたのは昭和二八年のことでした。当時の私には、高校時代に演劇をやっていた程度の経験しかなかったのですが、知り合いの写真屋さんにすすめられて、東宝の第六期のニューフェイスの募集に履歴書を書いて送ったところ、写真審査に通過して東映の撮影所に呼ばれたのです。

　縁故もお金もなかった私には、その夢の大工場はまさにそびえ立つ巨大な城壁のように見えたものです。

　入るのが恐くて、面接の指定時間が過ぎているのに「私なんかじゃしょせん無理だ。やっぱり帰ろう」と思いあぐねていましたところ、守衛さんに声をかけられ、押しこまれるようにして事務所に入りました。

さんざん待たされた面接官は、当然のことながらご機嫌が悪く、なぜそんなに遅れたのかを詰問してきます。私が正直に「恐くて入れなかった」というと、それが逆に好印象を与えたらしく、無事審査を通過することができました。

その後がまた大変で、半年がかりで六回の審査を受けなくてはなりませんでした。月に一回呼ばれて、その度ごとにセリフを読まされたり、パントマイムを演じさせられたり。そして、七回目が最終審査で、縁故のある人たちはここで初めて出てくるわけです。私も晴れて合格したのですが、縁故で審査を受けた岡田真澄や藤木悠、河内桃子等に対しては、「お前たちは正式な六期生ではない」と私はいつもいばっていました。私は血を吐くような思いでやっとここまでたどりつけたのだから、由緒正しい子飼いの六期生なんだと、いわば自分に箔をつけていたわけです。

そこで私は映画理論、演劇理論、社交ダンス、殺陣《たて》、実技指導、日舞と、演技に関することはおよそあらゆることを学びました。

発声練習などはそれは厳しいもので、たとえば歌舞伎の「ういろう売り」を五、六分以内の早口でまくしたてる。途中ひとつでも間違えようものならまた最初からやらされました。

記憶力も相当鍛えられて、今でも教育勅語や歴代の天皇の名前と同じように、暗唱することができます。軍人さんでいえば、軍人勅諭であるのと同じように、私たちの頭には「ういろう売り」が入っているわけです。

つらいこと、苦しいこと、色々ありましたが、私は満州からの引揚げ組で、大変な生活苦の中を生き抜いてきましたから、ネを上げることはありませんでした。満州では異国人の中で相当痛めつけられてきてましたから、かなり腹がすわっていたように思います。

内地にいた人は戦災にあったり、肉親や愛する人を亡くしたりといった悲劇があったことでしょうが、満州ではソ連人、韓国人、インド人、満人などがたくさんいる中で、やはり辛酸を舐めてきたといえます。そうした中で、自分も大陸的な感覚まで身についたようにも思えます。

血を売ったことも、兵隊の靴磨きや煙草売りをしていたこともありました。バイトはなんでもやる、今でいうフリーターのような生活です。

だから日本に引き揚げてきた時には一文無しで、父もすでに年でしたし自分の食いぶちは自分で稼ぐしかありませんでした。そんな私が東宝という夢の大工場に新人として正式に入社して一年間演劇の勉強ができるなんて、自分の人生とはなんなのだろう、この変化はなんなのだろうと不思議に思ったぐらいです。

昭和29年「かくて自由の鐘は鳴る」
記念すべき第一作

養成期間の十カ月目に、新作のために新人の中から面接を受けることになりました。その作品は、「かくて自由の鐘は鳴る」という福沢諭吉の伝記映画でした。その中の登場人物である益田宋太郎いう役に私は大抜擢されたのです。新人の私にとってはそれは大役でした。それが私の初めての映画出演となったわけです。

名前も、たまたま東宝の宝という字をそのまま持っている本名でいくことに決まりました。

そして次の作品で当時の大スターだった池辺良さんと一緒に出演して、三作目で「今度はお前、主役だぞ」と言われ、私はびっくり有頂天になって台本を見ました。その作品は、「ゴジラ」でした。

昭和29年「ゴジラ」河内桃子と共に

「ゴジラ」とはなにかと問いかけると、空想科学映画だといわれました。今でいうサイエンスフィクションですね。今や世界の大スター、ゴジラと、第一作目に私は共演したわけです。

こうした幸運のおかげで、昭和三十年には完全に主役として定着できました。東宝の看板を背負っているという責任を感じる中、私が役者と

昭和9年「青い山脈」

して常に心がけてきたことがあります。

それは、女優さんや監督との駆引きや仕事が終わると、私生活ではニュートラルな自分に戻るということです。

世間の人が考えるように、役者は私生活でもいつも役者を意識してしまいがちですが、それでは世界が狭くなるのではないかという恐れがありました。それで、いったん仕事を離れたら、普通の一青年、一社会人でありたいと思ってきたのです。

映画上の役柄が個人の中にまで色濃くでてしまうと、社会の色々な事情や状況が見えなくなるような気がします。一つの役というのはアルバムの一ページにすぎないのですから、自分の本質は常にニュートラルにしておかないと、色々な役も演じられなくなってきます。

世の中には多種多様な職業があり、社会も常に変化します。ニュートラルな自分でなければ、その観察ができなくなります。私たちの仕事は、何かを演じることではなく、まず、いかに正しく人間が観察できるかにあります。そこ以外に参考書はありません。物の見方や世界観が、即反映される世界なのです。

例えば、寿司屋の職人の役がきたとする。その役になりきるための修業に、三年待ってくださいとはいえないのです。普段の観察からいかにそれに近づくか、いかに自然にやるかだけなのです。

どんな職業でもそうでしょうが、観察の深い浅いで仕事の内容の善し悪しが決まってきますね。役者にとっては、色々な職業の人た

昭和39年ミュージカル「アニーよ銃をとれ」江利チエミと共に

ミュージカル「風と共に去りぬ」上月晃と共に

ちをいつも観察する、そんなことが上手、下手の差になってきます。

私たちの仕事は、体一つで表現することですす。衣装や小道具なんかを身に着けますけれども、しょせんはすべてが体の中から発せられるものだという見方をすることです。台本にある活字に息吹《いぶき》を与えて、人間という生きとし生けるものを見せていかなくてはならない。そこが大変で、大変なのはそこだけなんですね。

人間には喜怒哀楽があって、嬉しい時には嬉しい顔、悲しい時には悲しい顔をする。

けれども、高等生物である人間はそれだけではなく、嬉しい時に普通の顔をして、悲しい時にあえて笑っていたりします。

こんな普段の生活では当たり前なことも、いざ演じようとすると、まったく表現ができなくなることもあります。

例えば、お通夜の晩。夫を亡くした婦人や、親を亡くしたりした一番悲しいはずの立場の人が、一番乱れず毅然として挨拶をします。それに対して、何十人、何百人もの通夜のお客は、我がことでもなく、場合によってはなんの心の痛みも感じないのにシュンと、いかにも哀れな顔をして弔慰を表わす。まるで悲劇の主人公でもあるような面持ちで。そこが人間なんですね。

そして、通夜の客が帰って、身内を亡くした本人が、乾いた喉をうるおすために水道の蛇口から水を飲もうとする。そんなぽつんと一人になった時にふいに流す涙。そこにはじめて本当の悲しい心があるんです。

普段からそうしたことはよくあることですが、いざ台本を書く時、作家がそれを上手く表現できるか、できないか、演出家が役者に指導できるかどうか、役者がその感情に移入できるかどうかが、作品の出来ばえにそのまま関わってきます。

私が役者としてできることは、日常の中でもできるだけそうした人間の心の機微といったものをしっかり見ておくこと、そしてそれを自分の中に取り入れるということです。

これからも、日々勉強のつもりで、周囲や環境に接していきたいと思っています

初出誌　平成八年八月　エッセイ集「窓」第八集

宝田　明　プロフィール

昭和九年四月生まれ　　現在六二歳

出身地　旧満州ハルピン

特技　中国語／英語の簡単な会話　スケート　毛皮・呉服・宝飾品の知識

趣味　ゴルフ　愛犬二匹　サングラス、衣類の衝動買い　料理　旅行　古美術品の収集

昭和二十九年　東宝第六期生としてデビュー以来「大学生シリーズ」「青い山脈」「美貌の都」香港の女優尤敏（ユーミン）さんと「香港の夜」シリーズ、ほかに「放浪記」等の文芸作品等。最近は「あげまん」「ミンボーの女」に出演　映画出演本数一八六本、東宝の黄金期を築き上げた。

宝田　明　　92

昭和三十九年「アニーよ銃をとれ」で華々しくブロードウェイミュージカルに挑戦し、芸術祭奨励賞を受賞　以後「南太平洋」「サウンド・オブ・ミュージック」「風と共に去りぬ」「マイ・フエア・レディ」等数多くの作品の主演をこなし、第六回紀伊国屋演劇賞、第一〇回ゴールデン・アロー賞受賞
数少ないミュージカルの主演俳優としての不動の地位を築いた。

いま刈り入れをむかえて

俳優　長門　裕之

京都に天の橋立てという場所があります。有名な観光地なので皆さんもよくご存知のことかと思いますが、昔、私がそこへ行った時のことです。夏休みの頃だと記憶していますので、おそらく海水浴にでも行ったのかもしれません。

その天の橋立ての駅へ着いて列車を降りるなり、私は何やら人だかりができていることに気が付きました。二百人程の人たちが一人の男の人を取り巻いているのです。その人は浴衣を着て、それを腰の辺りまでたくしあげ、そして頭には麦わら帽子、口には笹の葉っぱを啣えるという出で立ちで、駅の階段の所に腰掛けて実に悠然としていました。

近付いて行ってよく見てみると、なんとその人は当時の大スター、そして現在でも日本映画史にその名を残す坂東妻三郎先生、その人でした。

映画撮影の合間の空き時間に一人で考え事をしているという風でもありましたが、これが現代なら、やれサインだ、握手だ、一緒に写真を、果ては写真週刊誌の追っかけだと大変な騒ぎになることでしょう。しかし当時の芸能界というのは庶民にとって雲の上の存在に等しいもので、映画の中の大スターは、ヒーローとして庶民から愛されながらも、同時に、侵すべからざる者として、畏敬や尊敬の念を以て見られていました。ですから、人々は「彼ら」がそこに居ようとも、我れ先に群れをなしてどうこうしようという気持ちなど毛頭ありませんでした。

静かに邪魔をしないように、ただ遠巻きに見つめるだけで充分……。そんな雰囲気でした。人々の心が、まだ静かで穏やかだった良き時代だったのかも知れません。そして私が子役の頃を過ごしたのもそんな時代だったのです。

「鞍馬天狗」の杉作、「忠臣蔵」の大石主税《ちから》、「宮本武蔵」の伊織。そして「無法松の一生」の吉岡敏雄。これらが私の子役時代の主な作品です。私は与えられた役柄にも極めて恵まれていたのかも知れませんが、このような仕事を終えるたびに、大衆から注目され一介の役者としての評価を得て称賛の声を受けました。

まァ、当時の子役は今の子役のように背中で泣くことも、シニカルに笑ってみせる必要もなく、ただ単純に泣き、笑い、怒るという、この三つの表現ができればよかったのですけれどね（笑）。

しかし街を歩いていても常時そういう目で見られるものですから、私自身のテンションも相当高くなっていたと思います。エリート意識さえ持っていたのかもしれません。何かを考える必要もなく、周りの人がやさしく背中を推してくれるままに進んでいけば、努力をしなくても事は前進していく現実が目の前にあったのですから。

しかしあの頃は随分と仕事をしたものです。懐かしいですね。子役の先輩には「路傍の石」の片山明彦さんという方もいました。そういえば当時、子役の数も少なかったので女の子の役の話まで来たこともありました。さすがにそれに対しては「僕は男だ」と泣いて断りましたけれど（笑）。思い出は尽きません。

私の前には生まれついての線路が敷かれていて、そしてそのレールは確かに他の子供たちに比べて優位であることを幼心《おさなごころ》にも感じた理由というのは、やはり環境的なものだったのでしょう。

父方の祖父は映画のパイオニア的存在の、河竹黙阿弥さんの流れを汲む座付《ざつき》作家。そしてその子である父は元歌舞伎役者。その後、父は歌舞伎の世界の厳しい門閥制度に見切りをつけて活動写真の世界に身を投じ、牧野肖三先生の門下生になると、その四女であるエミコと結婚して私が生まれた。撮影所が遊び場所になり、そこで働くスタッフが遊び相手となった私が、ただひたすら役者という職業に憧れて、そこへ飛び込んでくる多くの人たちよりもはるかに恵まれていたことは言うまでもないことだったのです。

しかし、そんな私も当然のことながら子役を演じるには無理な年令というものを迎え、入ってくる仕事の量も段々と限られてくるようになりました。

まさに私の順風満帆な子役人生の終わりの時で、あれほどはっきりと見えていた人生のレールはおぼろになり、遅まきながら、人生というものは自分自身で「動力」というものを入れないと動きすらしないことに気が付くようになりました。

苦労などすることもなく役者としてラッキーなスタートを切った私が、生まれて初めて持った「不安」だったのでしょう。そのような時期にも重なって、父は私に「役者も、社会の一員として生きることを学ぶ場所」と、大学への進学を勧めました。

そしてその勧め通りに私は京都の立命舘大学に入学し、実際そこで多くのことを学びました。ケンカもそのうちの一つで、当時、新人のボクサーだった友人からプロのケンカというものを伝授されました。そのためかケンカは番長なみの強さを身につけました。しかも「俺は役者だから」という強い気持ちから、顔だけは決して殴らせないため、体のかわし方、つまりウイービングは徹底して教わりました。

暴力はやはり誉められた事ではありませんが、これについてはなかなか効果的だったと思いますよ（笑）。

その頃に一人の宝塚の女優さんを好きになったのですが、私は彼女を愛することで、探し求めていた「動力」をも得ることができました。学問を学び、ケンカを学び、愛することを学んだ大学生活。はからずも中退してしまいましたが、やはり私にとってそれは有意義な時間だったことは間違いありません。

東京に出た時というのが、丁度日活が台頭してきた時期でした。当時の日活は五社協定で他社から全く疎外された孤立無援の状態でしたが、子役時代の多くの名作映画の出演経験がものを言い、私は大歓迎で迎えられ仕事をすぐに与えられました。そのなかで日活のパワーを動力として利用しながら順調に自分を前へ前へと進めていったのですが、ここで私は、子役時時代の終わりにあれほど抱いた不安にも関わらず、またも「やはり僕の人生には、真っすぐで明確な線路が敷かれているのだ」と思いました。私には、与えられるままに生きてきた人間の持つノホホンとしたところが、どうしても抜けきらなかったのでしょう。

九年間の間に日活で百十本ほどの映画を撮り、それを実績にしてフリーになりました。

その飛び出した時が映画からテレビへの移行時期と重なっていましたが、私はここで人生における愚挙といえばいえる、一つの「選択」の間違いをしてしまいました。確かに映画産業が衰退の時期を迎えている状況というのはあったのですが、黒澤明等、錚々たる映画監督からの出演以来の誘いを断わり、テレビのレギュラー作品を多数引き受けたのです。その番組も、今でいうＮＨＫの大河ドラマ的な作品で、佐田啓二さん、市川猿之助さんたちとの共演による三年連続の豪華な番組ではありましたけれど。

さて、ここで少し映画の話は脇へおいておきましょう。少し妻の洋子について話をさせていただきたいと思います。

私たち男（夫）というものはまことに勝手なもので、厄介ごとを女（妻）に押しつけるという習性があるものですが、私も結局はそんな一人だったのかもしれません。脳溢血で倒れて寝たきりになり、後に痴呆症にみまわれてしまった父親の看護を、自分から買って出たとはいえ、女優業で忙しい最中の妻の洋子に、長年にわたってそれを任せていたのですから。

お金で雇った介護人は、個人の尊厳をまったく無視して仕事をするというのはよく聞く話ですが、私たちの場合もやはりそのような事態を免れませんでした。

否応無しに下半身を露出させられてオムツを替えられ、赤ちゃんに話し掛けるような言葉で食事をさせられることに対し、役者として強いプライドを持って生きてきた父がその様なあつかいに耐えられるはずがありません。当然のごとく父は嫌がりました。しかし、そんな父も洋子に対しては心を許し、彼女の看護を喜んで受け入れました。

義理の父親の介護をきちんとやり通すことを決心した彼女は、顔の半分が隠れてしまうほどの大きなマスクとゴム手袋をして、「お父さん、洋子よ！　具合いはいかがですか？」と明るく声をかけながら小躍りするように父の部屋に入っていきました。しかし、舞台やテレビ局という華やかな仕事場で、優雅な香水の香りの中に微かに消毒用のクレゾールの匂いをさせながらカメラや観客の前に立っている彼女を見ていると、私はやはり心中忸怩《じくじ》たるものを感じました。

沢村貞子さんや加東大介さん、弟の津川雅彦夫婦、父親の周りには芸能界という華やかな世界で活躍している人たちが大勢いました。もちろん皆が父の顔を見にきてくれましたが、それはあくまで「お見舞い」としてであり、「世話」をするためではありません。

こうして、返しようもない、妻、洋子への感謝の思いは、父の死後から二五年経った今でも消えることはありません。

私ももう六十五歳。人間としても役者としても人生の「秋」を迎えています。培い、育ててきたこれまでの私の人生の収穫物が最良の物であってほしいと願いながら、この「刈り入れ」の時期を日々過ごしています。そして、そんな私の傍らには洋子がいるということ、これが私にとって本当に大事なことなのです。

彼女は、父や母、そして、兄弟（姉妹）四人を僅か五年の間に亡くすという辛い思いをしたのですが（だから今でも法事の日程がややこしい）、しかし、はからずも様々な苦労をかけてきた洋子に対して私がしてあげられることが、其処にあるのかもしれません。

たった一人残されてしまった洋子を「安心」させ、僕の傍にいることで彼女が安定するような場所を作っていくこと、「たった二人の世界」を築いて彼女に尽くしていくことが、これから僕が彼女に報いていくことになるのではないかと思っています。

最近の私は、仕事でトーク番組やバラエティー番組での話題までもが彼女との個人的な話になってしまいます。外の世界に対してマイナスのイメージを持っているわけではありませんが、洋子と、そして与えられた仕事を情念を持ってやっていくことの他に、外へ拡がりを持つことにあまり関心がないのです。

二人の内なる世界を基本に生きる。どんなに年令を重ねても艶を失うことなく、共に生きていくこと、それがいまの僕の「課題」なのです。

一ヵ月のスタンスで洋子が地方に出ている時などは非常に淋しくなります。彼女もそうらしく、仕事が終わるとすぐに電話をしてきます。毎回三〇分ほど話しているんですが、電話口で彼女の息づかいと、その雰囲気を身近に感じているだけでも心が安らぎます。

こうして私たちが仲良くしていられる理由は、二人の間に子供がないことにあるのかもしれません。が、やはり子供は作っておくべきだったと思います。子供を持つのに何も問題はなかったのですが、若い頃の私は子供という身近な人格をただ煩しく感じていたのです。

今は病気の親に対して子供が気遣い涙するシーンや、親子の繋がりを表現しているテレビの番組などを目にしていると、子供をもうけなかったことで、どうしても洋子に対し〝すまなさ〟を感じます。

しかし、子供がいないその分、洋子と共に、充実した時間を持てると思っています。勿論、洋子もそう思っていてくれると思っています。といっても彼女も別個の人間ですから、これぱかりは無理強いできませんが……。しかし人の心は「鏡」と言います。洋子の存在は私にとっての、まさにそれです。お互いの「喜怒哀楽」が、優しくそれぞれの「鏡」に映っていることを信じています。

若い頃には、砂漠の向こうにある蜃気楼のようにしか見えていなかった「人生の終着点」というものを意識するようになってくるのは、この年令になるとどなたも感じられることかもしれません。私も自分の中でその輪郭が確実に形を成してきたように思います。そして人生の「終焉」という事実に焦点を合わせてトータルに物事を見るようになってきましたが、これは六〇歳の時に動脈瘤という病気をしたとき、その気持ちを強くしたと思います。

動脈瘤といえば皆さんは石原裕次郎を思い出されると思いますが、彼と私にはいくつかの共通点がありました。まず同じ昭和九年に生まれ、お互い一つ年上の昭和八年生まれの女房をもらい、どちらも子供ができない。同じ時期に家を建て、また同じ時期に家を建て替えた。患った病気も同じ。しかし一つ違ったのは動脈瘤ができた場所でした。私は心臓から離れた場所に、裕次郎は心臓にその厄介なものができた。結果、彼は死んでしまい、私はこうして生きている。

初老の男が病気を理由に引退しても、退職金も何もないシビアな芸能界で、身体を再び元気な状態に戻して、これまで何度かおぼろげになったり見えなくなったりした自分自身の人生のレールを「架設」し、また自分の動力で動き出すことを始めたのです。

子役として幸福なスタートを切った私の俳優人生。そして、生きるため、演じるために求め続けてきた「動力」。そしてそれが今どこにあるのか？　これからの私の人生を支え、勇気を与えてくれるものが、どこにあるのか、と考えますと、やはりその答えは「洋子」以外にはないのです。

著者近影

先日フランスへちょっとした小旅行をしました。自分でスケジュールを組み小さなホテルに泊まり、その魅力を満喫して帰ってきました。若い頃多くの場で恵まれた機会がありながらも、訪れる土地を単なる「通過点」にしてしまい、そのまま年令だけを重ねてしまったという後悔の念がそうさせたのかもしれませんが、今回は可能な限りのことを吸収してきました。

忙しいのにかまかけて、「どうせ次がある。次の機会にやればいい」と思い、様々なことを無視し勉強するチャンスを逃している自分に気付くこともなくそのまま前に突き進んでいた若い日々とは違います。この年令になっては次の機会が再びあるかどうかはさすがにわかりませんからね。

そしてもう一つ。先に書いたことではありますが、今、最盛期にある若い連中に対して「人生というものには終焉がある。それにピントを合わせトータルに物事を見る」ことの大切さを常々話して聞かせてあげています。そのことに気が付けば人生はより良くなるのですから……。

初出誌　平成十二年四月　エッセイ集「窓」第十集

長門裕之　プロフィール

昭和9年1月10日生

出身地　京都

デビュー　6歳の頃より子役で「続清水港」「無法松の一生」等に出演。

昭和30年「七つボタン」（日活）でデビュー。

受　賞（昭和34年度ブルーリボン主演男優賞「にあんちゃん」

昭和38年度毎日映画コンクール助演男優賞「古都」

主な出演作品

NHK　「二本の桜」「黄昏流星群」「夜会の果て」「櫂」

NTV　「知ってるつもり」「夜逃げ屋本舗」「水郷柳川殺人事件」

TBS　「叫ぶ骨」「阿蘇火の国幽女伝説」「大岡越前」「水戸黄門」

フジTV　「京都祇園八坂おどり」「腕まくり看護婦物語」

TV朝日　「小日向鋭介推理日記」「車椅子の弁護士」

TV東京　「いい旅夢気分」「追跡！　あなたが主役」

映　画　「陽炎3」「OL忠臣蔵」「なにわ忠臣蔵」

舞　台　「半七捕物帳」「織田信長」

「阿修羅のごとく」（全国巡演）

「美男の顔役」（平成12年3月　御薗座）

出会い

落語家　三遊亭圓歌

人と人との出会いってやつ、考えてみれば不思議なもんです。人生とは日々出会いの連続だなんていう方もいらっしゃいますが、その人と出会ったことで自分の人生がガラリと変っちまう。そういう本ものの出会いってのはそうざらにない。ざらにないから本ものなわけで、一期一会というのもそんな意味でしょうね。

ご存知かもしれませんが、落語家になる前僕は昭和二十年ころまで、鉄道の駅員をやっておりました。実は子供の時分から吃音者、つまりドモリってやつで、そりゃあいろんなつらい目にあいました。学校に行けば「一、二、三」の番号がまともに言えないってんで先生にひっぱたかれたり、勤め先の駅でも「あいつはドモリだから何をやらしてもダメだ」

とバカにされっぱなし。

そんなあるとき、上野の鈴本演芸場へ行ったんです。先代の三遊亭円歌さんの高座でね。噺を聞いてるうち、ふと「この人もドモリだったんじゃないだろうか」って思ったんです。カン、ってやつでしょうかね。「きっとそうだ。この人の弟子になればドモリが直るかもしれない」で、円歌さんところへ行って「弟子にして下さい」と頼みこみ、弟子になっちゃった。落語界広しといえど、ドモリを直したいという動機で噺家になったなんてのは、ほかに聞いたことがありません。弟子にするほうもするほうですな。これが落語界七不思議の一つ、ともにドモリの先代円歌、当代円歌の出会いです。

あのとき僕が鈴本へ行ってなかったら、行ってても円歌さんが高座へ上ってなかったら、当然、今の僕はなかったでしょうね。そう思うとつくづく出会いってことのもつ縁の深さが不思議になります。

噺家になって、そりゃまあ人並みに苦労はしましたが、苦労ってのは自分がするもんで人さまにしゃべるもんじゃない。そう自分に言い聞かせてきましたね。運がよかったんでしょうが、例の「山のアナアナ」、「修業中」という落語が受けまして、ヤなことばですが売れてきた。昭和三十九年でしたか、踊りを習いに行っててその場で偶然、先の女房と知

高座にて　筆者

り合い夫婦になった、これが第二の出会いです。

愛するなんてのは、僕らの年代じゃ気恥ずかしくて口にしませんが、口にしなくったって、本当の出会いでつながった男と女の思いってのは、いつの時代でも変りゃしないんじゃないですか。所帯をもって仕事に打ちこみました。自分でいうのも妙ですが、自分の腕があがり、噺がうまくなっていくのが手にとるようにわかりましたよ。

だもんで昭和五十六年、その女房が亡くなったときには、ほんとうにドン底でした。手足もがれるって、あれです。情ない話ですが、その寂しさや悲しさったらない。そんなこと他人にわかってもらえるもんじゃないしね。落ちこみっぱなしでもう立ち直れないんじゃないかと自分でも思ってるとき、また偶然にいまの家内と出会った。少しずつ、薄皮をはぐように元気になり、仕事の上でも立ち直ってきた。人と出会うことのありがたさがしみじみとわかりましたね。

この三つの出会いが、自分には何より大切なもので、今の自分があるのもすべてそのおかげです。で、そんな僕が三年余り前の昭和六十年四月十五日、突然、頭を丸めて坊さんになっちまった。自分じゃ突然でも何でもないが、まわりからはそう見えたでしょうな。ただの気まぐれみたいに思っている人もいたでしょうが、得度して三年余り、今年の十月に身延山の大学に入り、そのあと、三十五日間の荒行をやって本当の坊さんになります。といっても落語をやめちまうわけじゃない、いわゆる在家出家ですな。

どうして坊さんになったのかってよく聞かれますが、こればかりはひと口に言えやしません。仕事や生活に不満があるわけじやない。人に勧められてなったわけでもない。ただひとついえることは、自分を突き動かしてきたものが「世の中」というものだということですな。芸能の世界じゃ、売れてるときは取り巻きがいっぱいくっついてきます、当の本人もいい気になる。僕はもともとお世辞をいったり、お客だからといって〝ヨイショ〟したりってのができないタチですが、それでも一時は親衛隊みたいなものをひきつれて喜んでた時期がありました。でも、そんなものはすべてウソっぱちだってことがわかってきま

妻と一緒に関口コウ切り絵美術館にて

したね。武田信玄の言葉でしたか、「情は仇」っての、あれですよ。

得度してから、本名のほうも円歌の円をとって「中沢円法」、これは裁判所で正式に改名しました。仏門に入ったおかげで、今の僕はすごく充実してますね。心のゆとりができたっていうか、どんなことにも今までと違う見方、対し方ができるようになりました。ただ、高座では決して宗教の噺はしません。これは僕個人の問題ですし、やはりめぐり合わせという、他人にはわからないものが奥にはありますからね。

心のゆとりっていえば、ボクは書が好きで自分でも時にヘタな字を書いたりします。知らない人の書いた字を見ながら、これを書いた人はどういう人かなって想像してると楽しいですよ。

書ってのは、やはりそれを書いた人そのものが出ます。金もうけで書けばそういう字になるし、本当に心をこめて打ちこめば、それが見る人に伝わる。だから、そういう自分が何かを感じる字をじっとみつめながら、その人をあれこれ考える楽しさは、これから出会うかも知れない人のことを考える楽しさに似通ってるような気がします。

初出誌　昭和六三年一〇月　エッセイ集「窓」第一集

三遊亭圓歌　プロフィール

昭和20年、二代目園歌に入門、歌治となる。昭和23年、二ツ目に昇進、歌奴となる。昭和33年真打昇進。戦後この世界に入った落語家の、真打第一号。昭和45年、三代目園歌を襲名。昭和58年、円歌芸能道場完成。昭和60年、日蓮宗本宗寺で得度、剃髪式を行う。僧名、円法。現在、落語協会副会長。

人生を考える

――日本舞踊を友として――

藤川流　宗家　藤川澄十郎

一、人生とは

「人生」、人がこの世で生きる事、即ち人の一生を人生というならば、それはあくまで受動的である。

もっと能動的に、或いはもっと単純に咀嚼《そしゃく》するならば「人生」には二つの意味がある。

一つは「人として生れた事」が人生の始まりであり、もう一つは「人として如何に生きるか、又、如何に生きたか」こそが人生であるという考え方である。

私は人生とは後者を取りたい。アクティブである。人がこの世に生を受けた時、先ず何処の国に生まれたか、どういう時代に、どんな家庭に生まれ、どの様な環境で育ったかで、それぞれの人生が大きく変って来るのは事実である。

運命論者に云わせれば、その時点でその人の一生はそれなりに決定づけられてしまうという。

だが一寸待って戴きたい、私はお偉い先生方に反論する気は毛頭ないが、それでは余りにも情ないではないか、つまらないではないか。

確かに群雄割拠の時代が終息し、士農工商の、一見、平和な江戸時代に、武士の家に生まれれば武士、しかも嫡男（長男）に生まれたか部屋住み（次男以下で分家独立せず親や兄の家にいる者）に生まれたかでその将来はほぼ決められていた。

武士の次の位の職業とされた農業にしても、ほんの一握りの豪農以外は、自分の田畑も持たない〝水呑百姓〟と云われた赤貧農家がほとんどであった。そして代々貧しい暮らしを余儀なくされた。

もっとも、戦国時代であれば、水呑百姓の伜に生まれた日吉丸が織田信長に取立てられ羽柴秀吉となり、明智光秀を討って天下を取り、太閤豊臣秀吉となった例もある。

山城の油商人であった斎藤道三は美濃を往来しながら守護職の土岐氏にとり入り、やがて武将となり、その土岐氏を追い払って美濃国の領主となった。

戦国時代は、野心と力とチャンスに恵まれれば、そういう事も可能である世相であったといえよう。

また、幕末には、長州、薩摩、土佐の下級武士が天下を動かし、明治維新に導いた歴史もある。

第二次世界大戦後、打ちひしがれた日本経済に光明をもたらし、活を入れた松下幸之助、本田宗一郎、井深大氏等もまた然りである。

このように世の中が混乱し世相が激しく動いている時ほど、歴史に残る傑出した人物が現れる傾向にあるのは否めない。

では現在の日本はどうであろう。

確かに不況であり、リストラ・四、九パーセントの失業率・倒産そして十代の若者による十指にあまる信じ難い凶悪事件、保険金詐欺殺人事件の続発等々、いやはやお粗末の限りである。

とは云え、そんな中でも、大部分の人達は、あらゆるストレスと闘いながら、現実としっかり向い合って一生懸命には生きているのである、そして私達の住む日本は半世紀以上に亘って戦争を経験しない平和な国であるという事実も認識しなければならない。甘えている暇はないのだ。

人生とは何か、どう生きるべきか、もっともっと考えたいものだ。

二、三無主義

三十数年前だったかクレイジィキャッツのメンバー植木等の〝無責任シリーズ〟で「サラリーマンは気楽な稼業と来たもんダ……」という歌が大流行した事がある。

当時は日本伝統の終身雇用、年功序列はサラリーマン社会では当然の事と受け止められ、好況真っ盛り、特別に立身出世を望まないならば、目立たず、騒がず、たいした仕事もせず、ただ真面目に定年迄勤め上げようと「無遅刻、無欠勤、無仕事（無成果）」という言葉が生まれた。

ところが、今の世の中、とんでもない話で、給料は上らず〝年俸制〟に、仕事は益々シビアに、そして或る日突然リストラされるサラリーマン受難の時代に突入した。

この時代を反映してか、もう一つの三無主義「無気力・無関心・無感動」がはびこっている。私の一番嫌いな言葉である。

人として、ただ生まれただけの「人生」なのか、何をどうしようという気力もなく、何にも関心を示さず、何を見ても何を食べても何をしても……あ～ッ無感動！

もう一度云わせて戴く、押しつけがましいと思うが「如何に生きるか、如何に生きたか」が人生である。

トルストイや学者にだけ任せず、各々一人ひとりに人生論があって然るべきであろう。

三、考える葦

フランスの有名な哲学者、パスカル（数学者・物理学者としても有名）の言葉に「人間は考える葦である」というのがある。

無限な宇宙に較べれば、人間とその理性は無に等しいが、人間は「考える葦」として偉大であり、人間のこの自己矛盾を救うものは宗教である、と説いている。

残念ながら私は宗教の知識は乏しいが、私なりに解釈するならば「人間は風にそよぐ葦」であり、それぞれが自己の中で色々な事を考え、思い悩み、苦しみ、喜び、歓喜し、心の葛藤と闘っている。そして「人生」を、より良く生きている……筈である。

何も考えない、何もしようとしない人はこの世にいないと思うが、もしいれば「人間失格」であり「考える葦」になり損った人と云わざるを得ない。

四、自由・平等について

我々の若い頃もそうだったが現代の若者にも、己を省みず、自由・平等を主張する者が多い。

アメリカ合衆国、第一六代大統領リンカーンは、南北戦争下に奴隷解放を宣言し戦って勝利する。

「私は奴隷にはなりたくない、だから奴隷を使う身にもなりたくない、私の考えるデモクラシー（民主主義）とはこういうものだ」

リンカーンは「人民の、人民による、人民の為の政治」という有名な民主主義の理念を説いた人でもある。

さて、一七七六年のアメリカ独立宣言で「すべての人間は平等につくられている」とはっきり宣言された。しかし現実にはその後も、白人が黒人を奴隷として使っていた時代が続いたのは残念である。

「平等」とは機会均等、誰にもチャンスがありますよ、という事なのだ。

「彼は金持の家に生まれたから恵まれている、私は貧しい家に生まれた、平等じゃないじゃないか」、「彼女は美人で頭も良い、私は……」、平等であるかないかは、そういう次元の問題ではないのだ。

重ねて云うがすべての人間は平等である。但し、己の義務と責任を全うしてこその話である。

人間は、それぞれがアクターであり、アクトレスである、人生を自分なりに演出し、演技して、より良い舞台を作り上げていく舞台の一員でありたい、その様に考えればこれほど楽しい人生はない。

自由と平等を良い意味で大いに謳歌しよう。そして、我が人生を築いて行こう。

五、栄枯盛衰の定め

「奢れる者は久しからず、栄枯盛衰は世の慣い《なら》」とは遠い平家の昔から云われ続けた教訓である。

この世に波瀾万丈の人生を送った人は数多い。勿論、波瀾万丈も良し、平凡な人生もまた良しとする。人それぞれに生き方があり、人生があるのだから……。

「人間万事塞翁《さいおう》が馬」という諺がある。人生には吉とする事、凶とする事、禍いや、幸せは予測出来ない。良い事もあれば悪い事もある。幸せの絶頂だからといって有頂天にならず、また、困難や悲しみの中にあっても必ず浮上する、いや、必ず浮上するんだという信念を持って努力する事である。

苦しいからと現実から逃避してしまっては、良い「人生」は到底おぼつかないのだ。

現在アサヒビールの会長である樋口廣太郎氏は、住友銀行副頭取から転身し、アサヒビールの社長になった。当然ながらビール業界では素人だった。

当時、アサヒビールは、キリン・サッポロに次いで業界第三位とはいいながら、シェア六〇パーセントを超えていたキリンに比べ、一〇パーセントを割り、ビール後発のサントリーにも追い上げられ尻に火のついた経営状態だった、その素人社長が「スーパードライ」で起死回生をはかり、瞬く間に現代の奇蹟を生んだのである。

憶えているだろうか。

「コクがあるのにキレがある」というコマーシャルコピーを。

社長時代に堺屋太一氏（現、経済企画庁長官）との雑誌「実業の日本」における誌上対談で次の様な事を云っている。

『ブームが起こるには、先ず中身が良くなければいけない、おいしくなければいけない、ラベルその他の体裁も良くなければいけない、同時に、ネーミングも大事です、私共は、「スーパービール」とは云っていない。「スーパードライ」、ドライの中のスーパーなんです。全国どこの奥様方でも「奥様どちらへ？」、「ちょっとスーパーまで」というので「ドライ」は忘れても「スーパー」を忘れる人はいない。(笑) このネーミングが当たった。一つのブームを起こす商品は、口から口に伝えて貰わなければならない、発音しにくいものとか、覚えにくいものじゃダメです』と云っている。勿論、幸運もあっただろう。しかし樋口社長があってこその「スーパードライ」であり、今日のアサヒビールなのである。

また、こうも云っている、『私は「熱気球論」というものを持っているんです、人間は会社に入った時でも、よし、この会社で一生懸命頑張ろうと思って入って来る、また毎日毎日今日は頑張ろうと思って出社する。ところが、何らかの理由で挫折していくわけです。その困っていることを取り除いていけば、熱気球と一緒で気運は必ず上がるというのが私の持論なんです』

以上は樋口社長の人生哲学であり、あきらめず努力すること、人生に不可欠の鉄則であると思う。

六、日本舞踊を友として

最後に私自身の事を少し書いてみたい。

三十三年前、二〇才の後半に、私は花柳流の一名取から独立して藤川流を創流した。後見人として、歌舞伎界の名門、岩井半四郎先生が、そして喜劇王エノケンこと、榎本健一先生、詩人の藤浦洸先生等、素晴らしい方々のご後援を戴き、希望に満ちた家元人生のスタートを切った。

「三年が三〇年たっても、芸の道に行き止まりはない、究極のない、長い長い道程である」、藤浦先生からいただいたこのお言葉は、創流三〇年を過ぎ

常磐津「戻橋」　於　新橋演舞場

た今も私の心の中に刻まれている。

　日本舞踊の持つ古き伝統を守りながらも、良い意味での〝破壊〟を繰り返し、新しい伝統を築き上げて後輩に伝えていく。

　口はばったいようだが、これが私たち日本舞踊にたずさわる者、芸道を追求する者の務めであると思っている。

　日本舞踊の底知れぬ深淵に、オドロキながら、心がトキメキ、芸道に一層ヤルキを持ってこれからの人生がカガヤキに満ちたものになる様、ヒラメキたい。

　私の大好きな五つの「キ」である。

　私に取って日本舞踊は終生の友であり、かけがえのない師であり、人生そのものなのである。

長唄「二人椀久」　国立劇場大劇場

長唄「連獅子」　於　歌舞伎座

藤川澄十郎　プロフィール

藤川流の起こりは慶長十一年三月（一六〇六年）に遡《さかのぼ》る
東宝芸能学校第一期卒業
在学中、東宝宝塚・日劇・国際劇場・歌舞伎座等に出演
花柳流・板東流・岩井流に学び昭和四十三年一月二十九日藤川流を継承した。
毎年、歌舞伎座・明治座・新橋演舞場・国立大劇場・浅草公会堂等で公演。
平成五年二月　国際芸術文化賞受賞
平成十年六月　教育文化功労者賞受賞
日本作家クラブ名誉会員　現在に至っている

五十周年を迎えて

女優　朝丘雪路

十五才で宝塚音楽学校に入学して、あっという間の五十年。

入学して、すぐに初舞台を踏んで以来、「芸能界」などと、特別な意識もせずに、大好きなお芝居や、踊りをやってまいりました。

ですから、「五十周年を迎えて」と、大上段に構えはしましたが、私はここで「何か特別な事を……」とは思わないのです。しいて言えば、「エー？　もう五十年？　何かしなくちゃ！」といったところでしょうか。

小さい頃から、父のもとを訪ねて見えられる、たくさんの演劇界、映画界の方々と、間近に接し、歌舞伎や能や寄席にも顔を出し、「女優」として、とても恵まれた環境の中で、私の半生は過ぎてきたように思います。

本当の事を言えば、この「女優」というものさえ、何となく、いつのまにか……という感じで、ずっと夢に描いて、お稽古に励んでいたわけでもないのです。

三才の頃から父に言われるまま、日本舞踊を習ったり、いろいろなお稽古に通っていた毎日は、とても楽しくて、独り苦労や努力に立ち向かって、舞台に立とうなど、思いもよらぬことでした。だいたい、そのころの私は「苦労」も「努力」も、あまり理解していなかったのですけれど……。

俗に言う、箱入り娘として、何の苦労もなく過ごしていた頃、父の友人達が、あまりの箱入りぶりに驚き、心配して、私を宝塚歌劇団に入学させることにしました。父も友人達の勧めとあって、泣く泣く私を入学させることにし、私は私で、訳も分からないまま入学。随分遠くに来てしまって、これからどんな生活になるのかさえ考える間もなく、とにかく毎日レッスンと勉強に明け暮れて、寂しさに浸っている余裕もないし、ホームシックでメソメソしているくらいなら、ゆっくり眠りたいと思ったほどでした。

一人では何もできなかった弱虫の私が、いきなり大海に独りぼっち。でもどうにか初舞台を迎えた時、その喜び以上に、舞台に立つ私を、父が本当に喜んでくれたことが嬉しくて、結局、宝塚には五年間お世話になりました。

宝塚時代の筆者

その後、映画の世界という、また違った環境に移ったり、歌手としてヒット曲にも恵まれました。女優としても数えきれないほどの作品に出演し、魅力に溢れた方々と共演してきましたが、私自身といえば、娘時代と同じ、相変わらず恵まれた環境で、のほほんと仕事をしておりました。

そんな私ですから、私以上に、まわりの皆様の方が、五十年もこの「芸能界」にいることに、驚かれているのかもしれませんね。

振り返って、今日までごく自然体で、川の流れの中央を笹舟のように漂い、生きてこられたように思います。

何かにぶつかったりしないよう、いつもだれかが川の真中に引き戻してくれました。宝塚時代も、遠くから父に見守られ、私はとにかくお稽古に励んでいられましたし、デビューしてからも、こういった世界にありがちな、あれやこれやの苦労など無縁でした。

ゆっくり笹舟に乗った私。

曽根崎心中

そんな私ですが、最近違う舟にも乗ってみたくなりました。

思い返せば、踊りも芝居も大好きでしたが、小さい頃から「歌」だけは苦手。

小学生の頃から、音楽の授業がある日は、学校へ行くのがイヤでイヤで、その日は仮病を使ってでもお休みしたい、と思うほど気重に感じられたものです。とりわけ、自分のかすれ声が嫌いでしたし、人前で歌うなど、まして歌手になりたいなど、夢のなかでさえ、考えたことはありませんでした。

それなのに、入った学校が、宝塚「音楽」

創作舞踊カルメン

学校です。それも正真正銘のクラシックのお勉強。せめて、落第しないように一生懸命レッスンしていた時、当時、ジャズがブームとなっていたので、宝塚の舞台で、はじめてのジャズミュージカルを上演することになりました。新入生の私は、有無を言わさずオーディションを受ける事になり、気が付いた時には、主役をいただいておりました。

それからは、私の声がジャズに向いている、と言ってくださる方もいて、「ジャズ歌手」という肩書きもふえ、あちこちのステージに立つことになりました。

レコードも出しましたし、ブロードウェイでの出演のお話もあったりして、思っても見ない「歌手」という人生を歩き出しました。

世の中は、自分がこうしようと思う、反対の方に行ってしまう事もあるし、そうかと思うと、思いもかけない方向から順風が吹いてきたりで、ままにならないというか、人生は本当に面白いなあ、と思います。

実際の私は、今でも歌が苦手なんですから……。

父が守ってくれた笹舟も、途中からは夫と娘が加わって守ってくれています。

その夫も娘もいろいろ厳しくて、全く世間を知らない私を指導してくれます。これでも結婚した当時は、ちょっとは主婦らしくしようかと、考えたものですが、「女優・朝丘雪路と結婚したのだから、そのままでいい」という夫の言葉に支えられ、そのままきてしまいました。だから、ずっとのんびり、マイペース。

この笹舟も、まだまだ丈夫で壊れそうもないのですが、これから先、今まで通りゆっくり流れて行くには、時代の流れも早くなってきました。ですから、こんな私でも、ちょっとエンジンでも付けて、時には流れにも逆らって、見た事もないような景色も、捜しに出かけてみようかなと思い始めました。

創作舞踊「カルメン」

五十年、本当に楽しかった。

健康にさえ気をつけていれば、今から想像もできないようなことに、出会えるかもしれません。

これからも、どんなことが起きるのか、本当に楽しみです。

初出誌　平成十二年四月　エッセイ集「窓」第十集

朝丘雪路　プロフィール

本名：加藤雪会／女優、歌手、日本舞踊深水流家元、東京都築地生れ。父は日本画家、伊東深水。山脇女子学園中等部卒業後、昭和26年宝塚音楽学校入学。宝塚歌劇団在団中、ジャズ歌手としてデビュー。退団後、松竹映画専属女優となり、数々の映画に出演。その後フリーとなり、舞台、ＴＶに出演。歌手としても「雨がやんだら」など数々のヒット曲を持つ。昭和60年日本舞踊深水流を創流、家元となる。夫の俳優／津川雅彦氏と娘の３人家族。

名誉と誇りのために

元オリンピック水泳選手　橋爪四郎

ちょうど四十年前の昭和二十三年、ロンドン・オリンピックが開催された。もちろん水泳競技も行われたが、当時、戦後まもなくで国際水泳連盟に加入していなかった日本は参加できなかった。日本大学水泳部の選手だった私は、ライバルの古橋君とともに「出れば勝てる」オリンピックの舞台に登場できない口惜しさを噛みしめていた。

そんな口惜しさを吹き飛ばしてくれたのが田畑政治さん、当時の日本水連会長だった。ロンドン大会に異存ありということで、日程も全部オリンピックに合わせて、全日本選手権大会をやった。当日、古橋君も私もオリンピックに出ているつもりで泳いだ。結果は二人とも千五百メートル自由型の世界新記録。

オリンピックの舞台ならそれぞれ金銀メダルの記録だが、ところが、アメリカのスポーツ紙はまったく信用していなかった。「日本のプールは戦争中の爆撃で短くなっている」「日本の時計は遅く回る」――こんなバカげた記事が堂々と載っていたのだ。敗戦国の悔しさが、僕ら若者にはとくにこたえた。何としても自分たちの力をはっきりと証明して見せたかった。

翌二十四年、そのチャンスがきた。ロサンゼルスの全米選手権大会に招待されたのだ。これには裏話があって、当時、ドルなどあるわけがなく、招待状が来ても行けない状態だった。それで、ロサンゼルスの日系の商工会議所のメンバーや、ハワイの四四二部隊の二世の方々がお金を出しあい、日本チームを呼んでくれたのだ。戦争中は日系人というだけで収容所に入れられ、大変な苦労をされた方々たちである。〝日本人の底力をアメリカ人の前で見せてくれよ〟という在留邦人の思いがひしひしと伝わってきた。

その思いは僕らも、いや、まだ敗戦から立ち上れないでいた日本全国民のそれであったといっても過言ではあるまい。

勝つことが先決の競技スポーツだが、その敵は、選手六人とも「勝つのは当然、何秒の世界記録を皆でいくつ出せるか」という気持だった。だから、予選から世界記録のラッシュ。食べるものさえロクにない敗戦国日本からきた僕らが、戦勝国アメリカを圧倒的に負かしてしまった。

スタンドの在留邦人の方々は泣いていた。肩をふるわせる人、こぶしで涙をぬぐう人。僕らも感激して、大会のその四日間、まるで何かが乗りうつったように実力以上の力を出せた。初めは〝ジャップ・スイマー〟と軽蔑した呼び方で小さな写真しか載せなかったアメリカの新聞も、記録をつくった翌日からは〝ジャパニーズ〟に変わり、写真もものすごく大きくなった。このあたり、スポーツ王国のフェア精神なのだろう。

その後も、南米各国へ遠征訪問。二十七年の第十五回ヘルシンキ・オリンピックでは千五百メートル自由型で銀メダルを取るなど、水泳王国日本の名が世界中に知れわたった。同時に、敗戦後失意のドン底にあった日本が立ち直ってきた。水泳というひとつの競技種目ではあれ、僕ら当時の若者がガムシャラに立ち向かい世界一になった。そのことが精神的な支えのひとつになったのかもしれない。

あれから四十年、今年はオリンピックイヤーでもある。水泳王国日本は、いま、どこにあるだろうか。いや水泳に限らない。ほとんどのアマチュアスポーツが地盤沈下しているのではないか、世界一モノが豊かになったこの日本で。

様々の原因があるだろう。しかし、ひとつだけはっきりと言えることは、国や政府がアマチュアスポーツに対して本気で考えていないということだ。考えていれば、プロ野球選手に圧倒的に数多く国民栄誉賞を与えたり、女子プロゴルファーを総理大臣顕彰したりはしまい。いうまでもないが、彼らはプロである。記録をつくって当たり前で、そのために何千万円という報酬を得ている。一方、アマチュア選手は世界記録をめざして何年も費やし、四年に一回しかないオリンピックに一生をかける。これでは、素質のある若者がプロ野球やプロゴルフになびいてしまうのは当然だ。

運動選手というのは、何よりも名誉と誇りを尊ぶ。私なども、名誉と誇りのため、食う物も食わ

松本瀧蔵氏　古橋広之進　筆　者
1952年ヘルシンキオリンピック大会出発に向け（羽田空港にて）

ず懸命に練習した。いま、水泳をやったって名誉も誇りもない。

小学校の運動会からしてすでにそうである。スポーツで勝つ喜びとか負ける悔しさというのを、何も教えていない。運動会で走って一等を取り、校長先生からノートをもらい、母親に「ほら、一等取ったよ」といいたいのが子供だ。ほめられて喜び、誇りを持ち、いっそう練習するようになる。だが、それをやると差別になるという。これが日本のスポーツ界を駄目にしている最大の原因ではなかろうか。

現在私は神奈川県下でスイミングクラブを主宰しているが、そのクラブでは、一カ月間一日も休まないと、鉛筆を一本あげることにしている。子供たちはそれを大切にためていて「去年一日も休まなかったョ」と、十二本の鉛筆を見せてニコニコしている。鉛筆一本のことだが、子供たちにすれば、自分のやってきたことを他人が認めてくれた、その誇りを持つ。それがやがて大きな自信にもつながっていく。

今のままでは、スポーツで負けても平気、勝っても感激しない、そんな子供たちばかりで日本はいっぱいになってしまう。これでいいのだろうか——四十年前のあの大会、そしてロサンゼルスでの光景が、年を経るのとは逆に、ますます鮮明に甦ってくるような思いである。

初出誌　昭和六三年一〇月　エッセイ集「窓」第一集

橋爪四郎　プロフィール

昭和3年和歌山市に生まれる。20年旧制海草中学校卒。26年日本大学法学部卒。50年（株）橋爪スイミングクラブ鴨居創立。51年橋爪スイミングクラブ港南台創立代表取締役に就任、現在に至る。

水泳歴——昭和21年日本大学入学と同時に水泳部に入部、古橋君とのライバルが始まる。23年8月1500M自由型で世界新記録。24年8月全米水泳選手権大会日本代表選手としてロスアンゼルスに遠征、1000M・1500M銀メダル。現在、（財）日本水泳連盟財務委員、神奈川県水泳連盟副会長兼ジュニア委員会委員長。横浜スポーツ振興審議会委員。

私の水泳人生

元オリンピック水泳選手　古橋広之進

すでに五十年余、半世紀を超える自分の水泳人生をふり返ってみると、いくつかの節目があったように思う。どの節目も私にとっては貴重で忘れ難いものばかりだが、やはり終戦直後の数年間は、その後の自分の人生を決定づけたものとして、今なお鮮明に覚えている。私個人にとっても、また、日本という国にとっても忘れ難いというより、忘れてはならない何かがあの時代にあったように思う。

終戦の時、私は大学予科一年だった。閉鎖されていた大学が再開されたのは翌昭和二十一年の一月、それまで「家庭待機」ということで浜松の実家にいた私は、「せっかく入った大学なのだから続けろ」と父親に勧められ上京した。大学に戻ったものの、これから何をすればよいのか、廃墟のような日本はこれからどうなるのか、まったく見当もつかなかった。

四月頃から、大学の運動部が少しずつ復活し始めた。五月には水泳部の復活も決まり、「水泳部員募集」の貼り紙が教員室の横に出された。それを見た友人のひとりが「古橋、お前、中学の時に泳いでたんだろ？入部したらどうだ」と勧めてくれた。しかし、私は「いや、水泳はもうムリだよ」と断わった。小学校四年から泳ぎ始め、六年の時には学童日本記録を作った私だったが、戦時下の中学二年からそれまでの四年間、勤労動員でまったく泳いでいなかった。おまけに、勤労動員の作業中、私は左手中指の第一関節から先を切断していた。もう泳げないとあきらめていた。それに、たとえカムバックしたとしても水泳などやれば腹がへってしかたない。当時の食糧難は、経験した人でなければとうてい想像できないほどひどいものだった。

ところが、その友人は「食料ならオレが何とかしてやる。毎日、さつまいものふかしたのを二、三本持ってきてやるから、とにかくもう一度泳いでみろよ」

さつまいも二、三本は当時たいへんなものだった。これにひかれて水泳部に入部した。四年ぶりに水につかってみると、案外泳げる。よし、本気でやってみようていた矢先の六月下旬、「ハハキトク　スグカエレ」という電報が届いた。私は九人兄弟で、一番下の妹はその頃まだ二歳だった。「もう戻ってこれないかも知れません」とキャプテンに言い置き、浜松へ帰った。

母は風邪をこじらせて肺炎を起こしていた。抗生物質などない頃だから、実家に帰った私はその足でバケッを持って養魚場に出かけた。肺炎に効くといわれていた「鯉の生血」を運ぶためだった。血をいっぱい入れたバケツを毎日家へ運んだ。だが、そのかいもなく数日後、母は他界した。まだ幼い兄弟が沢山おり、父もこれといった職についてない家の状態を見ると、これはもう大学へは戻れないな、水泳も終りだなと思わざるを得なかった。ところが、父は「お前、もう一度大学へ戻れ」という。〝何かをやり始めたら途中でくじけるな〟という父親の信念は幼い頃から私にも叩きこまれていた。

大学へ戻った私を待っていたのは、日大、明大、立大の三大学対抗水泳大会だった。遅れを取り戻すため私は猛練習した。私が戦後初めて出場した大会であるこの対抗試合で私は、四〇〇メートルと八〇〇メートルに出場し両方とも優勝した。それも自分でもびっくりするような記録でだった。もっとも、当時のタイムの計り方たるや、今では信じてもらえないようなものだった。スタートの合図はピストルを射つと米軍に連行されるというの

の頃の汽車はどれも超満員だからデッキにぶら下るわけである。ぶら下ったまま先輩がま叫ぶ。あわてて私も走り出した。しばらくホームを汽車と併走し、機を見て飛び乗る。そ出すと、ホームの横から飛び出した先輩が「おーい、行くぞ。ついてこい」と走りながら

駅へ行き汽車に乗るだんになって先輩はひと言、「切符は一切買わないよ」。汽車が走りう。ただし、俺のいう通りにしろよ」という。私は「はい」と答えた。

待っていると、鷺谷さんという先輩が現れ、「俺も国体に出場するから、連れていってやろどう行けばいいのかもわからないし、第一、行く金も食料もない。で、合宿所でボーッとうものがどんなものかよくわからない。どこへ申し込めばいいのか、宝塚がどこにあって庫県の宝塚で行われるから参加しないか、という話がきた。ところが、その「国体」とい会で優勝した私に、近く第一回国民体育大会というのが開かれる、日本選手権も兼ねて兵録〟が出、よく調べると三十秒、一分の計算違いというのもあった。ともあれ、その大「何時、何分、何秒に到着」、と書く。それで逆算するわけだが、時々ものすごい〝世界記とわら半紙に書き込む。で、ゴールは「何コース、はい、ゴールイン」と手が叩かれると方についている小さな秒針ではかるのだが、飛びこむと同時に「何時、何分、何秒に出発」で、用意ドン、と手を叩く。ストップウオッチなどないから、腕時計である。時計の下の

た忠告、「電信柱とトンネルに注意しろ」。それで、電柱が近づくたびに鉄棒の〝懸垂〟みたいに身体を持ち上げ電柱にぶつからないようにする。これはいい運動にもなった。各駅停車だから、駅に着くと肩をほぐし、またぶら下る。降りる時も汽車が停まってからでは駅員につかまるので、走っている間に飛び降り、しばらく汽車と競走するようにホームを走り、ホームの端から外へ出るのである。

大きな駅に着くと、先輩は駅前のタバコ屋や果物屋に入って行き、「この辺に中学校か、商業学校、農業学校はありませんか？」と尋ねる。教えてもらった学校を訪ね、用務員室へ行く。わけを話し、「夏休みで生徒さんはいないでしょうから、こちらのプールを使わせて下さい」

と頼むのである。「ウチのプールは、戦争中から水を替えていないが、そんなんでいいかね」

「ええ、水さえあれば十分です」

――そのプールでお互いに記録をとり合ったりしながら練習する。暗くなってターンサイドが見えなくなるまで泳ぐ。出てくると、身体はアオミドロでどろどろ。用務員さんが気の毒がって風呂をわかしてくれ、「もう汽車はないから今晩はここに泊まって朝の汽車に乗りなさい」。朝になると握りめしを二つ三つ作って新聞紙にくるんでくれる。それをもらって駅へ行き、またホームを走り、懸垂し……こんなことをくり返しながら、宝塚に着いたのは東京を出てから一週間後だった。その間、汽車賃は一銭も払わず、ものを買って食べたこともまったくない。たまたま降りた駅にプールがなく川っぷちで野宿というのが二回あったが。

こうしてたどり着いた国体会場だったが、更衣室がなく、松林で裸になってふんどしを巻き、洋服を松の枝にぶら下げたまま試合に出た。期間中ずっと野宿だった。「川の洲には蚊がこない」と先輩がいい、川っぷちで寝るのだが、こないどころか、ものすごいヤブ蚊である。「ふんどしで身体を巻け」というのでぐるぐる巻きにすると、今度は暑くてたまらない。「暑けりゃ川につかればいい」……と、こんなことをやってるうちに夜が明け、明るくなるとプールへ行って泳いだ。今ではとても想像もつかないことばかりだが、当時ではある程度当り前のことだった。

この第一回国体でも私は四〇〇メートルで優勝した。日本選手権を兼ねているから、「お前、日本一だぞ」といわれ、白分でもびっくりした。大会が終ったあと、新聞社に勤めているある先輩に、「琵琶湖横断レースに出ないか」と誘われた。誘導の舟が途中でいなくなってしまい、どこへ向かって泳いでいるのか見当もつかないようなレースだったが、出場者一〇〇人を超えた中で、やはり私が優勝した。そのあと、今度は「新聞社の主催する水泳講習会を手伝ってくれ」といわれ、そのまま和歌山県へ行った。海草中学へ教えに行くと、そこのプールは田んぼの水をひいているので、足をつくと下がどろどろ、こやしの臭いはぷんぷんするし、おまけに泳いでいるとヒルが喰いついてくる。そんなプールで四、五人の講習者にコーチしたのだが、中に一人、ヒョロヒョロやせて背が高く、泳ぎのうまいのがいた。名前を聞くと、「橋瓜です」という。「僕らの大学へ来て一緒に泳がないか」と誘うと、「ぜひ、そうしたいです」と眼を輝かせた。言葉通り、彼はその年の九月、日本大学へ入学し、私たちの仲間になった。その後、ライバルとして互いに競い合うことになる橋瓜四郎君との、それが出会いだった。

それから数年間、橋瓜君や私など日本の水泳界の活躍ぶりについてはご記憶の方も多いと思う。昭和二十三年の戦後初のオリンピック、ロンドン大会には日本は出場が許されなかった。

その悔しさを爆発させるように、私たちは国内の試合で世界記録を続出させた。ところが、敗戦国日本の私たちの実力をアメリカなど認めようとしない。

「日本のプールはアメリカより短いのだろう」「日本の時計はアメリカの時計より遅く回る」、

そんなことがアメリカの新聞に書かれていた。

私たちの力を見せる機会は、翌昭和二十四年、日本が国際水泳連盟に復帰することで訪れた。その年の全米選手権に出場できることになったのである。戦後のスポーツ界初の海外遠征でもあった。といっても、当時の私たちにはアメリカへ行く費用もなかった。それを救ってくれたのが在米邦人の方々だった。

羽田からロスアンゼルスまで四日かけて到着した私たちを待ちうけていたのは〝ジャップ・スイマー〟という蔑称だった。「よし、今に見ていろ」とはやる私たちに監督は、「いいか、みんなが見ている練習の時は本気で泳ぐな」というのである。しかたなく、水泳関係者や新聞記者が見ている練習の時にはリズムを崩さない程度に適当に泳いだ。すると、見物していた人たちは「なんだ、大したことないじゃないか。この位ならアメリカにはごろごろいるよ」と帰っていく。新聞も「やはり日本のプールはアメリカのプールより短いから世界記録が出たのだ」と書きたてる。で、見物が誰もいなくなると、それから本式のものすごい練習を三、四時間ぶっ通しでやる。

そうやって迎えた試合当日、予選は七割ほどの入りだった。一五〇〇メートル自由型の予選第一組に出た橋瓜が、いきなりすごい世界新記録を出した。ところが、そのタイムがなかなか発表されないのだ。計時員は一コース三人いるのだが、三人とも自分のストップウオッチを見、あらぬ方向をボーッと見ては、報告しに行こうとしない。それもそうだろう、新聞には「ジャップ・スイマーは遅い」と書かれているのだから、時計を押しまちがえたか何かしたのかとそれぞれが考えこんでいる。そのうち、三人が顔を合わせて、「おれの時計はここで止まっている」「おれのもだ」「そういえば、二着とは一〇〇メートル以上も離れていたな」で、これはすごい世界記録だとわかって大騒ぎになった。そこへ、予選二組で泳いだ私が、そのタイムをさらに十秒以上上まわったのだから、もう大変だった。

新聞はそれまでの悪口を詫びる謝罪文を出し、何ページにもわたって私たちのことを書いた。〝ジャップ〟の代わりに〝ジャパニーズ〟となっていた。こういう時のアメリカ人というのは、実に率直である。それまで私たちを警備していた人たちも解かれ、どこへ行っても握手ぜめ、プレゼントぜめである。「日本には何もないだろうから記念に持って帰れ」と、私だけで万年筆を一〇〇〇本近くもらった。注文もしていないのに宿舎へ帰ると洋服屋が寸法をとりに来て、帰国する時には十着にもなっていた。〝ザ・フライングフィッシェ・オブ・フジヤマ〟――フジヤマのトビウオ――と私が呼ばれたのもこの時である。最後には、ロス市長が「試合を見に行けない人たちのために市内をパレードしてくれ」といってきて、私たちはそれまで遠慮していた日の丸を初めて胸につけ、楽団に導かれながらパレードしたりした。

それは当の私たちはもちろん、在留邦人、そして故国日本の同胞の方々が、敗戦以来初めて味わう誇りであった。この時のエピソードで面白いのは、「いったい、どんな練習をすればそんなに早く泳げるのか」と驚いたアメリカの選手たちが、私たちの一挙手一投足を真似ることだった。たとえば、プールに入る前に私たち日本選手は体操をする。すると、アメリカの選手たちも横目で見ながら私たちが右手を上げると右手を上げ、前に屈むと同じように屈む。また、飛び込む前に耳にツバをつける私たちを見て、彼等は十字架を切るのだが、それを忘れて同じように耳にツバをつける。そんな調子で何から何まで真似するのである。もちろん、こんなことで泳ぎが早くなるわけではない。私たちの記録を作ったのはいうまでもなく、日頃の練習そのものであった。

当時の私たちの練習は、朝の四時半起床から始まった。起きたらすぐにふんどしをつけプールへ行く。洗面も歯みがきもプールの水である。洗面所で顔を洗った記憶などまったくない。

四時半から練習を始め、五、六千メートル泳ぐ。それから授業に出て、授業のあと、他の部員たちと七、八千メートルの練習、そして寝る前にもう一度、その日の反省をしながらまた泳ぎ、これが十一時まで。毎日、このくり返しだった。食べものといえば、雑炊やとうもろこしのパンばかりだった。たまに、よほど衰弱が激しい時は押入れから米を出し、おかゆにして食べた。そうすると安心してぐっすり眠れ、疲れがとれるのだった。

後になって、「あんな食糧難の時代によくそんな激しい練習ができましたね」とよく言われた。自分自身そう思うが、考えてみると子供の頃培った体力の食いつぶしのようなところがあったと思う。それと、もう一つ大切なことは、泳げば泳ぐほど泳ぎが好きになり、果てしなく自分の夢が広がったことだろう。親や誰かにいわれてやるのではなく、自分から切りひらいてゆくというスポーツの原点、それが私たちの子供の頃にはあった。あらゆるスポーツを通じて親にやらされているという感じの今の子供たちを見ていると、何かを失っているな、と思わざるを得ない。

半世紀も前、何ひとつない時代に輝くことができた。その根底にあったものをもう一度考え直すことが、豊かなこの時代にこそ求められているような気がしてならない。

初出誌　平成三年五月　エッセイ集「窓」第四集

古橋廣之進　プロフィール

昭和三年　静岡県浜名郡雄踏町生まれ。幼時から浜名湖の水に親しみ、小学校時代に日本学童新記録をマーク。浜名二中から日大へ進み水泳を再開し、現役時代を通じて樹立した世界新記録は三十数回におよぶ。

国際水泳界に復帰した初のスポーツ使節として全米男子屋外選手権に出場し、四〇〇で四分三三秒三、一五〇〇で一八分一九秒〇の、当時としては驚異的な大記録で優勝し、世界中を驚かせた。敗戦でうちひしがれていた日本に大きな希望をもたらし〝フジヤマのトビウオ〟は国民的英雄となった。

昭和四一年以来、日本水泳連盟の競泳委員長、国際水泳連盟理事として活躍。現在、（財）オリンピック委員会会長、日本水連会長、日本大学教授。

人生の目的真理を求めて

――一冊の本との出会いが私を変えた!!――

（株）めぐみ堂　シェルター社長　西本誠一郎

私は裸で母の胎を出た。また裸でかしこに帰る!!　野に咲く花を見よ。空飛ぶ鳥を見よ。今日は野にあって明日は炉に投げ入れられる野の花でさえ父なる神は美しく装って下さるではないか。まして人間である貴方を守って下さらない事があろうか……。

何を食い何を飲み何を着るかと体の事で思いわずらうな。命は体に勝るではないか。明日の事を心配するな。今日の苦労は今日一日で充分である。（聖書より）

此の言葉が二十五歳の時、大阪の東住吉区の墓地霊園で、焼き場の煙を見ながら祈って与えられた神の言葉で創業決意の時となりました。

私は十六歳の時中学の卒業式二日前、母と二人で父の遺骨を京都本願寺へ納めるべくお彼岸に合わせて三月十八日故郷の土佐のいなかの小さな村の駅を汽車に乗って大阪にやって参りました。

都会に出て来て金をもうけて一旗あげて故郷へ錦をかざって帰る事が当時の夢でありました。

しかし現実の生活は夢とは全く逆で当時の月給は千五百円ぐらいで、毎月質屋通いをしていました。孤独で淋しく刹那的な遊びにふけりその後の空しさ。人にも仕事にもついて行けず強いノイローゼ状態でこんなことをしてたらいかん。故郷で成功を祈る母や亡き父に申し訳ないと!!　何とか人生の目的、真理というものがあるならばほしい、つかみたい、心の中に平安がほしい。そんなうずくような叫びたいような想いで毎日を送っていました。

そんなある初夏の夕方、仕事を終わってふと立ち寄った大阪鶴橋の古本屋。目について何となく買ってしまった一冊の本。『信念の魔術』その中の三行の言葉。

「信仰という電波に荷電された人は信じられないような事を実現するし、またそのような人間に生まれ変わっている姿を私は世界中を調査して此の目で見て来た」と無神論者の作者が書いている。

人生に〃出会い〃という事があります。その出会った人や本、出来事がその後の人生を大きく変えて行きます。人間にとって最も重要な事は自分自身のもっている人生観、価値観、考え方ではないでしょうか。

その人が何を信じて生きているか、どのような考え方や価値観を持っているか、またどのような世界観をもっているかで決まると思います。

私はその古本の、わずか三行の言葉で「よし、だまされたと思って信仰してみよう」と決意し、さて何教にしようかと考えた時、家は仏教、親方の家は天理教。

しかしどちらも年寄りが多い。その時、ふと思い出したのが、大阪難波の繁華街で毎週日曜に、夕方十字架をもって街頭伝導をしていた若者達の事だった。よし、教会にしようと思い、次の日曜の夜の集会に、不安と期待を抱えて行ってみました。先ず、無理矢理に会員にされないか、無い金までを巻き上げられないか、という気持でうしろの方に静かに座っていました。しかし、私の考えとは全く違って、あたたかい握手、友人になりましょうという言葉、美しい賛美歌、自分の過去のあやまちを素直に泣きながら神の前に祈っている姿。

そして友や親、国家のために健康と平和と、いやしを祈っている姿に私の心は深い感動を覚えました。

もしかしたら教会と聖書の中に、人生の目的、真理があるのではなかろうか。人間はどこから来て、どこに行くのか、少年の頃から求めていた解答が得られるのではなかろうかと感じ、それ以来今日迄、求めよさらば与えられんの言葉の通り、真理と人生の目的を求め続けて四十年余、一度も日曜礼拝を休む事なく続け、リンカーンの叫ばれた如く、聖書は神が人類に与えた最高のプレゼントであるとバイブルと感じ、また、教会生活の中に明確な答を得て今日に至りました。

話はさかのぼりますが私が十歳の終戦直後、親族の葬式から帰った父が高熱にうなされ、村の医者では助からないと、高知市の大病院にリヤカーにムシロをしいて姉と母が村の道を父をのせて歩いていると、白バイに乗った警察官と保健所らしき人に止められ、突然に注射され一切道路を通せないと家につき返された。

家に帰されて高熱に苦しんでいる父は、茶色い水薬を飲まされた直後、バッタリと倒れたその姿が今も脳裏にはっきりと残っています。

その後何年かして知った事は父の病名が恐ろしい天然痘であったため感染を恐れた結果、母と医者と警察との合意の上での毒殺だったわけです。

四十五歳の働き者。村でも信用の厚かった父親。そして、愛する夫を自らの手で、そうせざるを得なかった母の苦しみ、その後十人の子供をかかえて苦労しながら働き続けて、やがて病の苦しさに耐えながら、自ら死を選んでいった母の最後の姿。そのような環境が私の少年期、青年期でした。

もし、一冊の真理の本――バイブルに、また教会に出会っていなかったら、現在の自分は無く、若者達の中で起こっているような恐ろしい事件を起こしてたかもしれない。

実際に十八歳位の時、東京浅草でナイフを買い、タクシー強盗事件を起こしてやろうと準備したほど心がねじけ、閉じこもり、憎しみの毎日であった事を思い返す時、一人の人間が何と出合い、何を信じるかによってこんなにも大きく変えられた自分の人生を、ただ創造主なる聖書の神に、救い主なる主イエスキリストに感動の他ありません。

朝に夕に祈りをもって始めた事業も囲碁・将棋メーカーとして十年で業界日本一となりまた三十年前からやがて来るべき聖書の予言に立ってスイスやイスラエルでは１００％近く普及している、防災シェルターを日本に普及する事が私に与えられた使命であると思い、人々に笑われてもよい、ばかにされてもよい、多くの家庭と子孫の生命を守る日が必ずくると信じて十年前スイス、ドイツを黒田牧師の愛の協力で訪問しました。

黒田牧師のことについて少しふれますと、彼は医者になるべくドイツに留学し、そこで見た日本人のビジネスマン家族の、孤独で苦しんでいる姿、また、自殺をする者までいる事態を見て、家庭の中で伝導を始めました。

人々の魂を救うために、医学の道を諦め、牧師になって、神に献身することを決意、その後日本に帰り、大阪のビジネス街を中心に幅広く伝道活動を行い、牧会と共に日欧交流研究所所長として、またキリスト実業人会（ＣＢＭＣ）のチャプレンとして、悩みや苦しみの多い現在の事業家やビジネスマンのために活躍しています。そして、いまは国内だけでなく海外でも有名な牧師となっています。その黒田先生と当時、シェルターの調査を現地で視察して帰り、その後、シェルターの施工販売会社、株式会社シェルターを設立し現在に至っております。

原発の事故や有事のみならず、火災の時、多くの死因である煙、有毒ガスから生命を守る防毒マスク等の防災用品と、新たに今年から地下室を作らなくてもマンションの一室などを鉛で工事し、空気濾過装置を据え付けるとシェルター室となる安価な簡易シェルターなど幅広く取り扱い、いつも事が起こってから慌てる防災意識の少ない日本人に警鐘を与えるべく、使命感をもって取り組んでおります。

創業当時、工場もなかった頃、碁・将棋とマージャンはよく売れたものでした。中でもマージャンはコンパクトで、飛ぶように売れ、売上の大半をしめていましたが、友人が麻雀にこって離婚した事をきき、クリスチャンとして神の恵みで始めた仕事だが、人々を不幸にする商品を扱う事に疑問をもち苦しんだ末、当時愛読していた田中芳三著『荒野に水湧く』という本の主人公、尊敬する升崎牧師を和歌山の南部《みなべ》に訪ね、三日間、断食して祈り、つぶれてもよい、健全娯楽、知的ゲームである囲碁・将棋のみを天職として販売していこうと決意し、その他のかけ事製品を一切やめた。その時より、社名を西本商会からめぐみ堂と改め社標を十字架にしました。

今迄めぐみ堂とシェルターの事が多くのテレビや誌上に紹介された事も神の導きであると思っております。私自身は何の能力も、とりえもない人間であり、た

筆者の少年時代

だ神の選びとめぐみの中にある者だと思っております。その中の一部を紹介しますと、ニュースステーション、ニュースの森、日本の社長他二十回以上。また、日経新聞、朝日、読売、毎日、サンケイ各紙、雑誌では、タイム、アエラ、財界公論、経済界、各週刊誌等です。

今、事業においては囲碁将棋は直営店として大阪駅前第4ビル一階、東京駅前八重洲中央通りに東京店、新橋外堀通りに新橋店、また仙台、札幌、福岡と、工場は三重県上野市に千三百坪の製造工場をもって生産しております。

現在の経済情勢と木材輸入の制限の中で、拡大方針から縮小方針に移行した自然木を大切に扱い、歴史の長い商品としてバランスのとれた体制にすべく理想と現実のギャップに苦労しています。残された人生の生き方を祈りながら聖書の真理を伝えたいと思い、最近も八十五年前に建造された世界一古い客船で、世界中を国際親善と伝導のために三十ヶ国の人々のボランティアの協力で日本の新潟に寄港したドゥロス号という船の中で夫婦で証《あか》しの話をした。またその前には長崎県島原で、五月には高知の伊野で講演の機会をもちました。

二十年前からロータリーや教会、商工会議所、また、タナベ経営イーグル会等で数多くそのような場が与えられました事は神に与えられた使命であると思っております。

私は常日頃から人生の真の幸福は三つの柱であると話して来ました。それは心の健康、体の健康、経済の健康の三つであります。日本の人々は経済のみを最優先したために、家庭も健康も失い孤独な晩年を迎える方が多いのではないかと思います。今からでもこの幸福への三つの柱を重要にされる事が最も大切だと思います。

私にとって心の健康とは、聖書、祈り、教会、よき友、よき本、聖書のビデオ等で、体の健康は四十年前からの生活習慣を保っています。毎朝冬でも六時頃起きて冷水をかぶり、亀の子タワシで全身をこすり、体操のあと、人参とレモン、ヤサイジュース、げんのしょうこに十葉、くこの漢方茶を飲み、年二回の一日ドック入り、タバコやソーダ類は飲まない、食生活も全て健康中心です。

そして何よりも心と仕事の支えになっているのは信仰あつい妻と結婚した事です。亡くなった母がよく云った言葉に「誠一郎よ、女には気をつけないかんぜよ。米麦の不作は一年ですむが、女房の不作は一生続くぜよ……。良い妻を選べよ」と。教会で知り合い、七つ年上の今の妻は井伊直弼の子孫として生まれ、プライドと負けん気の強い性格だったようですが、両親を早く亡くし、弟や妹のために青春を犠牲にして親がわりとなって競輪の選手となり、日本中を回り、得た収入を全て家族の為にのみ使い、働き続けて、気がついたらはや三十四歳。空しくなって自殺したくなり、教会に知人をたずねて来たのが、キリストの愛に救われ、生きる希望をもち、私と結ばれた。現在の私は聖書の神と妻との出会いのおかげであると思っています。

歴史に残る偉大な人物、坂本龍馬が、敵であった勝海舟を殺さんとして会った時、勝海舟の、より偉大な思想に、自らのそれ迄の思想にこだわらず、謙虚に、より大きな真理の前に従ったように、私は聖書は光にたとえれ

筆者と妻

ば、太陽だと思っています。太陽の前に、電燈もろうそくも、もうそれは人々が知らずに求めた小さい光であって、真理であり、天地万物を創造し、人間に生命の鼓動を与え、心臓の鼓動を止める権威をもった創造主なる神と、人類のために自らの命を与えて永遠の命と天国へのパスポートを与えるために地上に天より降誕され（西暦の始まり）、なお、死よりよみがえったキリストこそ生命と万物の創造者なればこそ出来る当然の奇跡として受け入れる時に、何の努力も金も難行苦行もいらない。どんな立場、身分、状態であっても信じるだけで全ての罪がゆるされ、墓の彼方にすばらしいパラダイスが与えられるという。これが福音であります。

ナポレオンの最後の言葉、私は剣で世界を征服せんとして来た。しかし、今セントヘレナの島で、一人淋しく死んで行こうとしている。誰一人泣いてくれない。しかし、二千年の昔、人類の為に十字架の上に死んで行ったキリストのためにいま世界中で何万、何百万の人々が命をかけて信じている。キリストは愛の力で、世界を征服した彼は正に人ではなかった。神の子であったと云って、ナポレオンは死んだ、その時庭に立っていた大木が音をたてて倒れたと云われています。

神はその一人子を与えたほどに此の世を愛された。それはキリストを信じる者が一人も亡びる事なく、永遠の命をもつためである（聖書）。

全て労する者、重荷を負う者、私のもとに来なさい。私は貴方がたを休ませてあげます。私は貴方がたに平安を与えます。もし私を信じるならその腹より活ける水が河の如く流れ出るであろう（聖書）。

人生の目的と真理はどこにあるでしょうか。いまの時代こそ多くの人々に心のいやしとして、教会とバイブルに出会ってほしいことを心から願う者の一人です。

西本誠一郎　プロフィール

一〇歳のとき父と死別。一〇人兄弟の四男として母の苦労の姿を見ながら苦難の少年時代を過ごす。一六歳の時、高知より大阪へ。一〇年間の丁稚奉公を経て健全娯楽の囲碁・将棋の製造販売会社を創業。一〇年にして業界トップとなる。現在創業三八年。二一歳の時、聖書の中に真理を求めて以来四二年間、日曜礼拝はただの一度も休むことなく、聖書信仰が経営と人生観のバックボーンとなっている。数年前、ドイツ、スイスを訪問し、二〇年前頃から天よりの使命としていつかはやらなければならない事業として、尊い子孫の生命を守るためにと準備してきたシェルターの施工・販売会社　株式会社シェルターを設立し、その普及に取り組む。裸一貫からの体験談を通して二〇年前より幅広く講演活動を行ってきている。

株式会社　めぐみ堂　代表取締役社長　株式会社　シェルター　代表取締役社長
日本キリスト実業人初代会長　国際ギデオン協会員キリスト教社会人連合会会長
ロータリー及び田辺経営イーグル会などの講演もしばしば行う

ああ日本丸よ！

政治評論家　細川隆一郎

一、平成元年というがどうも〝平静〟ならざる昨今である。政治家が愚かだからである。昭和もそうであった。和どころか戦の連続である。

日本だけが悪いのではない。戦に勝った国々にも、大きな責任がある。喧嘩両成敗というではないか。所謂、勝ったから威張るな、負けたからといって卑屈になるな、と言いたい。日本人は、少しどころか大いに卑屈になっている。

悪いのはすべて日本人であると、そんな気持で昭和を考えると滅入ってしまう。「時に戦争によって、国家間の問題を解決しなければならないこともある」、と米国の教科書にはのっている。日本の教科書には、大東亜戦争は悪であると書いてある。どちらが大人の考え方かといえば、米国である。日本には日本の理由がある。連合国にも理由がある。それが衝突したのが大東亜戦争である。犠牲になった全ての交戦国の人達の冥福は祈らねばならない。

私は戦争を賛美しているのではない。人間の歴史の中にはそういうことがある。やむを得ないこととして。ところが大学教授と称する者の中には「話し合いで何故解決しなかったか」という者がいる。こんなバカな先生は困ったものだ。

当時の世界を語る時はその当時のものの考え方で判断することが大事である。いまの尺度で当時を判断することはまちがっている。こんな事がわからない教授や政治家がいる事は困ったことである。しかし今後は、お互いに馬鹿をみる戦争などはしないほうがいい。その為には、お互いが平和維持の努力をしなければならない。

米ソ両国はお互いに用心しつつ和解の努力をしている。両国の真の和解は容易なことではない。しかし、両国が戦争をして得になることはひとつもない。誰でもわかっていることである。にもかかわらず、本当に仲良くなるためには、戦争をひきおこす要因をひとつひとつ消して行く努力を積み重ねなければならない。

中ソは三十年振りで和解した。日本にとって、中ソの和解は喜ばしいことである。と同時に、共産主義の二大国が手を結ぶことは、気持の悪いことでもある。お互いが末永く喧嘩していたほうがいいということではない。しかし、日本をバカにしている中ソ両国が手を結ぶことは、日本にとって都合のいいことばかりではない。

あと三年もするとヨーロッパも統合されることになっている。交通も自由になるし、関税障壁もとっぱらい同一通貨にもするという。つまり連邦国家のようになる。往来が自由になることはよいが、過激派の往来も自由になる、となると国際警察の仕事もふえるだろう。つまり都合よい面、悪い面が出てくる。その悪い面をいかに噴出させないようにするかが、欧洲統合の問題点だろう。

そこで我が祖国日本はどうか、経済大国とおだてられていい気になっていてよいのだろうか。余った金？　を外国にふりまくことだけでよいのだろうか。余った金がだんだん少なくなってきたらどうしたらよいのか。その中、外国に協力するお金がなくなったら、うなるか。その時は、経済小国に落ちぶれてしまっているので、誰もみむきもしなくなるだろう。世の中から見向きもされなくなったらおしまいである。かつての金持ち日本〝ざまあみろ〟といわれるのが関の山である。

二、いま、日本にあるのはお金だけ、愛国心など誰も持っていない。今の若者が三十年、四十年後には、五十、六十、七十才になる。愛国心がない年寄が若者に愛国心を説くことは出来ない。自分の国は自分で守る、などということを考えている若者は、ごく稀にしかいない。その若者が大人になって家庭や学校で、自分の国は自分で守る。などということはおしえないだろう。

その時、中ソ両共産主義国が、かりに共産主義の目的である世界制覇の野望を捨てていないとすれば、我が日本は、政治的にも経済的にも軍事的にも大変な脅威を受けることになる。この脅威は日本人自身によって引き起こしたことにもなる。彼等に対してその時、文句を言っても何にもならない。自分自身がボヤボヤしていたのであるから。

〝自分の国は自分で守る〟愛国心は大切である。スイス、スェーデンのような国は〝独立国家〟であって〝中立国〟ではない。〝中立〟を守っている〝独立国〟なのである。の辺のことを社会党は全然わかっていない。自民党もそうだ。しかしほかの面で自民党が多少野党よりよい。だから、社会党には票が集まらない。従って政権をとれないということになる。自民党を支持している有権者の票を喰うことが政権への道である。にも拘らず自衛隊を評して「違憲合法論」の存在といっている。

憲法には違反しているが、法律的には合法という。こんな〝精神分裂的〟な解釈は世間には通用しない。そこに気がつかない社会党ではいつまでたっても政権をとれる政党にはならない。野党第一党がこんなテイタラクであるから、日本の政治は一寸もよくならないのである。いま政界の腐敗は甚しい。その責任の一端は社会党をはじめとする野党にもある。そのことに早く気がついてほしいものだ。

三、今日此の頃の日本は〝無政府状態〟といえる。竹下登首相は、平成元年度予算案の通過を図るため、「予算案成立後退陣する」と表明した。四月二十五日のことである。つまり竹下内閣は〝棺桶内閣〟と言える。そして同二十八日には、自民党単独による強行採決を衆議院本会議でやってしまった。

こんな暴挙は前代未問のことである。憲政史上最大の汚点を竹下首相はのこしたといってよい。退陣表明した首相が予算案の衆議院通過をムリヤリする。つまり〝棺桶〟に入った首相があばれまわったといえる。

〝名存実亡〟〝死体内閣〟が暴挙をしたのである。竹下首相の頭はどうかしている。一緒になってさわぎまくった自民党の連中もおかしい。竹下首相がこんな馬鹿な判断をするにはそれなりの理由がある。

中曽根康弘前首相は、リクルート未公開株譲渡に関して多大の疑惑をうけている。国民は、昭和六十一年九月末、中曽根の秘書二人と山王経済研究会の会計責任者の女性合わせて三人に二万九千株が譲渡され、公開直後、多くの利益を得た。

これは中曽根に渡されたものと国民は思っている。一般の人が容易に入手出来ない株を多くの政治家、特に当時の首相だった中曽根がフトコロに入れたことは、とんでもないことである。

税調特別委員に江副を任命したのは中曽根が首相の時である。両者の間に何があったのか、検察官ならずとも誰でも知りたいところである。

だから野党は国民に代って〝中首根証人喚問〟を要求しているのである。各新聞の社説も同様の主張をくりかえしている。にも拘らず中曽根は頑として応じようとしない。政治倫理はすべてに優先する。国民や野党や新聞の主張は当りまえのことである。

中曽根はかつて「わかり易い政治」を施政方針でのべた。中曽根の「喚問拒否」は極めて「わかりにくい態度」といえる。国会空転の原因は〝中曽根の態度〟にある。竹下首や阿部幹事長にも〝リ疑惑〟があるから、中曽根に証人喚問にでよ、とは言えない。まして中曽根に指名された竹下だから尚更言えない。

悪者は悪者同士集まって国民をバカにしているのである。仕方がないから、竹下首相は〝退陣表明〟をして予算案の強行採決をしたのである。そして〝棺桶〟に入ったが、あの〝拝み窓〟から時にバカな事を言うので政治は一層混迷して無政府状態になってしまった。

四、竹下退陣表明直後、竹下の親戚でこれまた煮ても焼いても食えない〝小策士〟金丸信などが、後継は〝総務会長伊藤正義〟がよいと吠えた。竹下や金丸は、名誉、地位、権力、金をほしがる小もの、自分達がそういう人間であるから、誰でもそういうものだろうと考える。そこに彼等の〝愚者〟たる所以がある。
伊藤は竹下に対して、リ疑惑議員の辞職、派閥解消等をつきつけた。竹下は、株で儲けた金を社会に還元すればよいのだろうぐらいにしか考えていなかった。伊藤と竹下の人生観は〝月とスッポン〟程ちがうのである。

しかも竹下や金丸や中曽根、安倍等は派閥の勢力を温存して伊東を操ろうとした。みえみえである。大体〝棺桶〟に入った竹下が、後継についてあれこれ言うのはおかしい。また、伊東も総務会長として単独採決の責任者である。後継者をまかりまちがっても受けるものではない。政治責任があるのである。固辞しつづけている伊東が万一受けるようであれば世間は伊東を笑い、自民党の不信は更につのる。中曽根、竹下、安倍、渡辺（美）、宮沢、藤波、加藤（六）、加藤（紘）、渡辺（秀）、森（喜）などリ株をうけたものは速かに政界から姿を消し二度と再び永田町に戻らないことである。

新総裁に誰がなるかはまだわからないが私は、二階堂進がよいと思う。二年前売上税が廃案になったとき、中曽根、竹下、安倍、宮沢の責任追及にのりだしたのは二階堂一人であった。最高顧問の福田や鈴木は黙っていた。政治家は、動機も勿論であるが特に〝結果責任〟を重んじなければならない。竹下は一切を無にして、後継人事を福田、鈴木に依頼し、自ら〝棺桶〟に入って火葬場にいく。

両長老は二階堂を推す。二階堂は前記リ株政治家の自民党離党を促す。きかねば〝除名〟という強い態度をとる。今自民党に必要なことは「剛毅の総裁」である。二階堂を灰色というならば佐藤栄作は指揮権発動で逮捕をまぬがれた。

岸信介は戦犯の容疑ありとされたが容疑晴れて普通の人となった。田中角栄はかつて起訴された。二階堂は起訴もされず普通の人なのである。こう考えると、灰色はさほどの理由にならぬと思う。

中曽根、金丸、竹下、安倍、波辺（美）などは二階堂に政権を渡したくないだろう。甘い汁を吸おうと思っているからである。とんでもない考え違いである。国民に陳謝し二度と再び永田町にあらわれないことが、彼等のなすべきことだ。〝つべこべ言わずにさがれ〟である。

彼等の嫌がる二階堂が国民にとってよいと私はかねがね思っている。かりに灰色という汚名があったとしても、もし二階堂が、中曽根達に〝離党勧告〟し、きかなければ〝除名〟すれば、汚名はそそがれる。私は、将来二階堂がどう〝粛党〟するかをみて評価を決めればよいと思っている。

（文中敬称略）

初出誌　平成元年四月　エッセイ集「窓」第二集

細川隆一郎　プロフィール

大正八年一月一日生。熊本出身。

昭和十七年　早大政経学部政治学科卒業。毎日新聞東京本社入社。政治部長・編集局長を経て四十八年末退社。政治評論家となる。

政治部長在任中。政界汚職粛正のため「日本政治への提言」を半年にわたり連載。昭和四十二年度新聞協会賞。また昭和五十五年六月十二日早朝、大平首相死去の報をいち早く放送。文化放送社長賞を受賞。「岸信介伝」「政争、ニューリーダー論」で昭和六十一年度第六回日本文芸大賞特別賞受賞。

昭和六十一年ベストファーザー・イエローリボン賞受賞。

昭和六十三年度社団法人日本きものコンサルタント協会より和装文化賞受賞。著書多数

就職は運命なり

経済評論家　三鬼陽之助

◎文学の魔に刺された

私は、明治四十年八月、三重県尾鷲市三木浦町に生まれたが、幼年時代、当時流行した「霞める空に消え残る、おばろ月夜の春の空……」の商船学校の歌を聞き、マドロスパイプの船乗りにあこがれた。そして父に「ぼく商船学校に入りたいナ……」と、もらしたことがある。しかし、小学校四年生のとき父が漁業で失敗、破産、名古屋に出奔、従って商船学校へのあこがれは消えた。

ところが、私は中学生になって、急に文学の魔にさされた。これは父が、若いときから漢詩、漢文に趣味が深かった〝血〟が変轉して傳えられたのかもしれない。事実、私は学校の勉強をせず、ひまさえあれば島崎藤村、徳富蘆花、高山樗牛の本をよみ、小説、詩、随想に耽溺した。その証拠に、現中日新聞の前身の名古屋新聞の〝投稿欄〟に、大正十三年九月十四日、十七歳のとき「憶い出さる」の詩を発表した。そして「書斎にて」、「教壇の村上先生」、「エトランゼ」、「八高の渡辺龍策兄」といった随筆を投稿、更に中学生の身で「草枕」と題して、一冊十銭の同人雑誌を出したりした。大正十四年三月、私は八高の試験に落ち、上京、法政大学の予科に入学した。当特の法大文学部は夏目漱石門下の野上豊一郎、内田百閒、森田草平といった有名文士で、教授、講師人を固めていた。それで、文学趣味の私はあこがれた。文士——小説家が、私の希望だったからだ。

ところで、私がミッションスクールの名古屋中学を選んだ理由は、いつか「週間文春」のグラビア連載「私はこれになりたかった」に、私が「それは神父です」と、牧師姿で登場、次のように語っている。……私の小学生のとき、兄、弟を相次いで亡くした父は「この世の中にホトケはいない」と、熱烈な仏教信者が、一時、キリスト教信者になり、父につれられ、当時、広小路にあった教会に通わされた。こんな関係もあって、私はミッションスクールに入学、たしか二年生のとき、覚王山につれ出され、夜空に祈り、人並みにざんげして洗礼を受けた。しかし、間もなく父は元の佛教信者に戻り、私自身も小説、詩などを読むようになり、今度は学校の教師になりたいと思うようになった。あのまま私が、神父——宣教師になっていたら……。

◎裁判官か弁護士になれと

私の父靖献は明治元年六月生まれで、昭和十三年七月、七十才で死んだが、父が学生時代の私に託した〝夢〟は裁判官であり、弁護士であった。理由は簡単、四百年以上続いた私の先祖が、隣の九鬼一族と争って敗北したが、その原因は、漁村特有の〝水利権〟争いであった。事実、父自身も壮年時代、同じ水利権問題で、隣の九鬼町と争い惨敗した……。父は日清戦争に従軍、憲兵軍曹になった。除隊後、家業の水産業や、町長格の漁業組合長をやったが、いずれも中途半端で、結局、三重農工銀行に〝赤紙〟をはられ、名古屋に出奔した。（註・この頃、差し押さえの紙は赤い色であった。）

しかし、父は若いとき水利権争いで、はじめて裁判官、弁護士に会って、その威容と権力に度ギモをぬかれていた。それで私が、法政の予科時代、セガレが文科志望だと知って激怒、「これだけはオヤジの悲願だ。どうか法科にはいり、高文の試験に合格、裁判官になってくれ。そして、裁判官のあと弁護士になるんだ。これがオヤジの悲願だし、同時に先祖の悲願、意地でもあるのだ……」と。この時の父の怒声と哀願は、いまでも眼前に浮かぶのである。

こんな訳で、私は宿願の文科志望を捨て、学部は法科を選び、昭和六年三月、法政大学の法学部を卒業した。ただ、家が貧乏のため、大学部に進学と同時に、伯父の世話で東京中央郵便局の雇員になった。それを三年間続けた。午前九時から翌日午前九時まで、二十四時間勤務で、その間、三、四時間の睡眠時間だった。今日の労働条件とは比較にならなかった。

従って、肝じんの大学の授業は一日置きにしか出られなかった。当時の法政の法科は、東大の植民地と異称されたくらい、美濃部達吉、牧野英一、我妻栄、宮沢俊義といった一流講師をならべていた。そしてさすがに天下一の学者先生で講義は適時にユーモアをまじえ、なるほど大先生は違うなと思った。しかし、中には六法全書を片手に個条書き的な低級な講義もあった。そこで、私は中央郵便局での二十四時間勤務の余波とも稱される睡眠不足で、時に居眠りをはじめた。それで私は、謹直裁判官講師のまじめ講義の最中、いびきをかき出し、退場させられたこともあった。

ところで、私は大学部に入り、形だけでも法学部に籍をおき、一方、弁論部に入り、校内大会を司会したり、各大学に演説に出掛けたりした。その証拠に大山郁夫先生の早稲田騒動の時は、学生らしい興奮を覚え、アジ演説は勿論、バケツをさげてビラ張りにも出掛けた。ただ、そんな運動のため、中央郵便局の勤務を休むことはしなかった。

◎就職戦線に悩まされて

当時、法政予科で、哲学、論理学を担当、教務主任を兼務の中島精一という一高、東大出身の先生がいた。先生は非常な世話好きで有名だった。そこで、私は卒業も間近に迫った昭和六年二月、先生の私邸を訪うた。すると、ダイヤモンド社と、文芸春秋社の口があった。前者はダイヤモンドの広告部に志村という法政出身者が勤務、その線からダイヤモンドが一、二人採用してもよいという話を知り、後者は文芸春秋社長で文士としても有名だった菊池寛氏と、中島先生が一高の同窓関係だったが、これは経理関係という条件付であった。

正直なところ、ダイヤモンド社は気が進まなかった。経済に関する勉強は皆無に近く、元来が文学好きの私の目では特殊部落に見えた。ことに、当時のダイヤモンド誌は、表紙と本文が共紙で、さらに本文は一行の余白を借しむという風に編集されていた。そこで、父母、妹がおらず、自由な身であれば、生れ故郷の紀州の中学校の教師でもして、島崎藤村的な道を歩きたいなとも思ったりした。

二月始めのある朝、私は中央郵便局の勤務を終えて飯田橋で下車、土手づたいに学校の方に歩いていると、経済学者として有名な高木友三郎先生に会った。当時、先生は弁論部の部長を兼ねておられ、私は予科から大学部にかけて幹事をしていた関係上、格別、先生を知っていた。そこで、歩きながらダイヤモンド社の話をした。

すると、先生は「君のような貧乏学生は、経済記者にでもなって、早く身を固めた方がよいよ。君程度の文才で、作家を志望しても原稿が売れるまでに、金欠病で餓え死するかも知れないから……」と、言い切られた。そこで、私は父母妹を養うために、経済記者になろうと決意。その足で中島先生を訪れ、ぜひダイヤモンド社の石山社長に紹介して欲しいと言った。すると、先生は先方の要望もあり、なにか論文を書いて、それを持って連れて行こうと言われた。ところが、その論文執筆中の朝、思わぬ事件が起きた。

◎ブタ箱の中で就職論文を

昭和六年二月の、たしか十七日で、雪か雨が降っていたように記憶する。私は、二、三日前から卒業試験のため休暇をとり、その朝も早く母と一緒に五時前後に起床、顔も洗わずに机に向った。今日の午後、江川英文講師の国際法の試験を終えたら、中島先生に伴われダイヤモンド社の石山社長に面接するが、その際、石山氏に見せる論文執筆のためであった。

すると、トントンと表をたたく音がした。母が、あわてて出たが、スグ引きかえして来た。私服が二人立っていて、「警視庁の者だが」と、いきなり私を連れて行こうとした。私は、書きかけの論文と、国際法のノートを小脇にかかえた。母は、あおくなって震え、十五歳の妹の佐和子も目を覚まして泣いていた。しかし、私は「心配をしないで、誤解から……」と、言う意味の言葉を残して、別に抵抗もせず、素直に応じた。

この倹挙の直接の起こりは中央郵便局内にあった。私が、何か局内の會合でちょっとアジ演説をした。それが、局内の共産党系分子の注目をひいたらしい。私自身、夜中の二時、三時、窓をあけはなした大きな部屋の中で、郵便物の区分けをする苦労を重ね、ことに家に帰ってすぐ寝るという訳にゆかない苦学生であった。そこで、ときに雑談的に不平分子の洩らす言葉に相ずちをうった。しかし、特別の交渉のないことが分かり、間もなく釈放された。

ところで、問題のダイヤモンド社である。私は、なかば断念した。肝腎の論文は、俗にいうブタ箱の中で手を入れたが、三分の二程度しか書いていない。その上、今朝の事件である。そこで、私は中島先生に伴われ、石山社長の前に、恐る恐る中途半端な論文を提出した。石山社長は、時々、字句について質問した。

すると、果然、石山氏の顔色が変った。そして、「これで終りかネ」と聞いた。私の論文は尻切れトンボだったからだ。私は、黙った。すると、中島先生が「なにぶん苦学生なものだから……」と、いった意味の助け舟を出してくれた。

この苦学生の一語が、石山社長に感動をあたえた。私と同様、没落の境遇に育ち、私と同様、苦学して慶応の商工学校を卒業、今日の位置を築かれた人だったからだ。そこで、もう一つ論文を書くことで、私は合格、砂をかむ思いで企業評論の経済記者となった。それから五十八年、松下幸之助氏ではないが「頑張ったな」と、ペンを持った自分の右手をなでてやりたい心境である。

初出誌　平成元年八月　エッセイ集「窓」第二集

三鬼陽一郎　プロフィール

明治四〇年三重県尾鷲市生まれ・法政大学卒業・ダイヤモンド社、投資経済、産業経営研究所、東洋経済新報社を経て財界研究所を設立・経済記者として五十余年・「決断力」「東芝の悲劇」等著書百冊近い。

恋はロッキーのように

タレント　渡嘉敷勝男

僕がボクシングの世界ランカーになって、二ヶ月目くらいの時、運命の出会いがありました。ちょうど具志堅用高さんの引退発表の頃、僕が二一歳の時です。

当時僕は、付き合っていた女性（三人目）に振られたばかり。ショックで落ち込んでいて、超不調になっていました。

そんな折り、ボクサーとして世界挑戦をすることが決まり、参考になるようなビデオがあるので見に来るように、と事務所に呼ばれました。そこでビデオをセッティングしていた女性に、僕はガツーン！　と、完全にいかれてしまったのです。

文字通りの一目惚れで、僕は彼女の頭の先から足の先まで、もう目が離せなくなってずっと見続けていました。顔は前を向いているのですが、目線は斜め前の彼女の方に行きっぱなし。

会長が、「あの世界チャンピオンは、ハードパンチャーだ、やっぱり左ストレートがどうのこうの」なんて言っているのですが、まったくの上の空。ふと気がつくと、ビデオはもう終わっていました。それで、「これもういっぺん見たいので、貸して下さい」なんて、持って帰ったりしました。

それから、具志堅さんの引退発表の記者会見があり、パーティが開かれたのですが、そこに彼女がまた来ていたのです。

先輩達から、「あの娘、いいだろう」とか言われて、僕はクールを装って「いいっすねー」なんて答えるんですが、もう頭の中ではどうやって彼女とツーショットになるか、そればっかり考えているわけです。

それで、パーティが終わって会場から一歩出たとたん、彼女が前の方にいるのが見えたので、僕はダーッと走っていって、「早くエレベーターに乗ろう」と彼女の腕をつかまえて強引にエレベーターに乗り込み、目ざとく見つけた先輩たちが「渡嘉敷、お前らだけでどこへ行くんだ」と追っかけてくるのに気づかぬふりで扉を閉めて、とっとと階下に降りたのでした。

まずは脱出（抜け駆け）成功！「早く、早く！」と彼女をせき立ててタクシーを拾い、風のように（？）走り去ったのでした。まあ俗に言う、「拉致った」というところです。彼女もびっくりはしていたようですが、嫌がらずに、「はいはい」という感じでついてきてくれたからできたことですけど。

「どちらの駅ですか？」と聞くと、「綾瀬です」という答え。会場からずいぶん離れているところでしたが、なんと、僕も綾瀬に住んでいたのです。駅のあっちとこっちというところに住んでいることが分かって、「もうこれは運命」といいますか、赤い糸というのを意識しました。

タクシーの中で、僕は抜かりなく電話番号を渡していました。「信じています」というようなメッセージ付きです。もちろん、「また会いたいですね」と、彼女の瞳をのぞき込むのも忘れませんでした。先輩たちがみんな、「彼女、いいよね」っていっていましたが、そんなことを気にしていたら恋のマッチにも勝てません。蝶のように舞い（彼女を拉致る）、蜂のように刺す（お付き合いをする）、やっぱりこれですよね。

その日は彼女を送って僕もそのまま帰ったのですが、果たして三日後に彼女から電話がかかってきました。僕はもう感激して、「ありがとうございます」というと、「私もお約束は破れませんから」という答え。

それからすぐにデートして、付き合うことになりました。

当時、社内恋愛は御法度だったので、もうひた隠しです。僕の大親友に、ジュニアライト級、今のスーパーフェザー級の世界一位のジム仲間がいたんですが、そいつと付き合っているように見せかけていました。

そして、付き合い始めてから三ヶ月後、それは世界挑戦をする一ヶ月前だったのですが、女性や好きな食べ物をいっさいストップするんです。対戦にすべてのエネルギーを集中するため、遊ぶこと、好きな女性と居ること、好きな食べ物、お酒、全部断つ。

いよいよ彼女と会えなくなる前の日に、綾瀬駅前の喫茶店に彼女を呼び出しました。そして、彼女の目を見据えてこう言ったんです。「つぎは、世界戦の会場で会いましょう」と。

彼女は僕が世界チャンピオンという夢を追っていることを知っている。一ヶ月前からすべてを断つということも、よく分かってくれていたんですね。

そして、固く握手をして別れました。

一ヶ月後、運命のチャンピオン戦。精魂こめて闘った僕は、ついに世界チャンプになることができました。

直ちに控え室で記者会見があったのですが、僕がインタビューに答えている時、控え室の扉がバッと開かれて、彼女の顔がチラッと見えたんです。

あれほど会いたくて会いたくて、夢にまで見た彼女がもうそこにいる。

そして、彼女がポロッと涙を流した。もう、僕も辛抱できなくなって……。万感胸に迫るというのはこのことですね。そんでもって、どうにも涙が止まらなくなりました。ロッキーが、「エイドリアーン！」って叫んだあの感じ。

翌日のスポーツ新聞に、でかでかと見出しが踊っていましたよ。「渡嘉敷、世界制覇に男泣き」って。すっかり勘違いされていましたが、まあいいか、と。

それからも、「ロッキー」を地でいくような恋でした。

チャンピオンになってからは、彼女は事務所をやめ、別のところで働くようになったため、もうこそこそと隠れて付き合う必要もなくなりました。正々堂々とした付き合いになったのです。

いま思っても、あの頃が、僕の人生で一番輝いていたように思えます。

それからも試合はやりましたから、その度に一ヶ月会えなくなるのです。仕方なく、ラブレターのやりとりをしていました。「あなたがいたから僕がいた」っていう雰囲気で超盛り上がって、二、三十通は送りましたね。当時、流善二郎という漫画があったのですが、それにあやかった流拳三っていうペンネームまでつけて、もう歯が浮きまくるようなことを書きとばしていました。

十日間の合宿なんかあると、ホテルから毎日電話してました。彼女と話していたくって、電話を切れなくて、朝の三時、四時まで喋っているんです。電話代が十万円も二十万円もかかってしまいました。

それなのに、朝六時には起きて、走るんです。三時間ぐらいしか寝てないんですから、もうフラフラなはずなのに、気力は充実しているというか、やたら元気でした。

とにかくロマンティックな気分で、毎日がラブラブでした。彼女と付き合っているから負けたんだって言われたくなかったから、やたらに張り切っていました。彼女には絶対に恥をかかせたくなかったんですね。

「あの娘のためにも、勝たなけりゃ」と気合いの入った毎日でした。

彼女と付き合って四年、僕と彼女はめでたくゴールインしました。途中、二年ぐらい彼女を泣かしたこともありました。負けた後、へこんでしまって、浮気に走ったことや、彼女につらく当たったこともあります。

でも、彼女はいつでも僕のそばにいてくれたように思います。

結婚してから十四年、知り合ってからだともう十八年も、僕らは一緒にいることになります。現在十二歳になる、可愛い娘もいます。

二人のラブレターは今でも大切に箱にしまって、僕らの宝物になっています。二人のラブストーリーも、今ではとても

筆者近影

大切な思い出です。

でも、一番の宝物は、今、家族が仲良く幸せに暮らしているということ。

この宝物は、いつまでも大切に守っていきたいと思っています。

初出誌　平成十二年四月　エッセイ集「窓」第十集

渡嘉敷　勝男　プロフィール

1960年7月27日生

出身地　沖縄県生まれ　兵庫県宝塚市育ち

ボクシング引退後、TBS『風雲たけし城』に出演し、「トカちゃん」の名で全国のお茶の間に登場、人気者となる。

テレビドラマ、映画では、渋い役からひょうきんな役までこなすなど天性のカンの鋭さを打ち出し、現在バラエティーでもCX『平成教育委員会』で鋭い回答を連発。人気の的である。

ボクシング歴

昭和53年12月28日　デビュー
昭和56年12月16日WBAジュニアフライ級チャンピオンになる。以後、世界タイトル防衛5回。25戦19勝（4KO）4敗、2引き分け

スポーツ

空手、県大会優勝2回、準優勝2回

レギュラー番組

TVO『いきいき健康サロン』
CX『平成教育委員会』
CX『新・諸国漫遊記』

映画

『3―4X　10月』（平成2年9月15日）
『ヒーローインタビュー』（平成6年夏）
『惚れたらあかん』（平成11年8月～）

主な出演番組

TBS『風雲たけし城』　TBS　ドラマ『昭和のチャンプ』（昭和64年3月）
TBS『モーニングEYE』　TX『おまかせ山田商会』　YTV『電脳GQバトラー』

いま顧《かえり》みて

プロレスラー　ジャイアント馬場

生涯現役でありたいと願っている私にとって、還暦を迎えた今でもリングに上がれることほど嬉しいことはない。

思えば、一九九〇年一一月に行われた「90世界最強タッグ決定リーグ戦」でリング下に転落、左大腿骨亀裂骨折で三カ月も入院したとき、「引退の危機」を言われたことがあった。実際に入院していた大学病院では、回診の教授に「引退」を勧められたが、その後に続いた同世代の助教授に、「教授があんなこと言ってるけど、頑張ってくださいよ。オレたちは馬場さんと長嶋さんで育ったんだから」と励まされた。これがお世辞にしても、プロレスラー冥利につきる一言である。私は病室にバーベルとダンベルを置いてトレーニングに励み、翌年の六月、一八三日ぶりに復帰を果たした。

一六歳でスポーツの世界に入って以来四四年間、けがによる危機は何度か見舞われたが、その都度、スポーツ界で現役でいたいという願望が、いくつかの危機を乗り越えさせてくれた。現在、しみじみ思うことは、働くということがあるから遊ぶことが楽しい、という心境である。

プロ野球選手を夢見ていた少年時代

私は一九三八年（昭和一三年）一月二三日、新潟県三条市の果物商に生まれた。二男二女の末っ子であるが、年の離れた兄は戦死している。生まれた時は未熟児に近く、小学校入学式の記念写真にも、小さい方のグループに入っていたくらいである。両親が特別大きいわけでもないのに、並外れて大きくなり出したのは小学校四、五年頃で、この頃すでに身長一七五センチになっていた。

当時は大きい身体がものをいって「ガキ大将」にまつり上げられ、喧嘩があっても、私が駆けつけるとおさまる按配である。スポーツは大好きで、夏は川で泳ぎ、冬は田んぼに張っている氷の上を下駄にエッジをつけて滑るという具合に、おおよそ少年が考え出す遊びはすべて実行していたものである。相撲も強かった。近所の神社の祭りの相撲大会では、勝ち抜き戦で負け知らずであった。その反面、小学校五年の時から家業を手伝って、朝市に出す品物をリヤカに積んで運んだりして「孝行息子」とも言われていた。

野球は小学校時代から大好きで、地元の少年野球団のエースにもなっていた。巨人軍のファンで、「少年ジャイアンツの会」にも入会していた。新潟に遠征して来た巨人軍の試合を見て、あの白いユニホームを着たいと憧れたのはこの頃からである。中学時代はファーストを守っていて中越地区大会で優勝したこともある。この頃はスポーツは万能で、野球のできない冬季には室内競技に励んだが、バスケットボールではポイントゲッターをつとめ、にわかチームを結成して出場した卓球試合でも中越地区大会で優勝している。

高校生になると、身長も一九〇センチになっていた。この頃、相撲界からしつこいほど誘いがあった。「栃若時代」を築いた当時大関だった栃錦（先代・春日野親方）が、新潟巡業の時にわが家にまでやってきた。プロ野球入りを夢みていた私にはその気はなく、逃げ出して会わなかった。応対した母は、「息子は相撲取りとボクサーにはさせない」と断ってくれた。

高校は新潟県立三条実業高校（現三条商業高校）に入学したが、当時すでに一三文（三一・二センチ）にもなっていた私の足に合うスパイクがなく、野球部入部を断念せざるを得なかった。絵が得意だった私は美術部に入部、油絵の基礎を教わって描いていた。

ところが二年に進級したとき、野球部の恩師が特注のスパイクを用意してくれた。一年のブランクがあったものの、私は再び、四番打者のエースとして活躍を始めた。

その年の秋、巨人軍から直々にスカウトされ、翌年の一月、高校を中退して新潟県初のプロ野球選手として巨人軍入りをした。巨人軍の二軍に在籍した四年間、三度も最優秀投手に選ばれたが、なぜか巨人軍から解雇されてしまった。しかし、大洋ホエールズから誘われキャンプに参加したが、そこで偶発的な事故で肘にけがをして手が使いものにならず、野球をあきらめざるを得なくなってしまった。

プロレスへの挑戦

母と姉が上京し、郷里で家業を継ぐことをすすめたが、スポーツの世界で自分を活かしたい希望は捨て切れず、巨人軍時代から顔見知りだった力道山を訪ねた。それがレスラーへの一歩となった。

プロレスラーとしてのデビューはその年の九月、東京の台東体育館での試合であった。初戦は桂浜（田中米太郎）を五分十五秒で破り、この年、一八勝七敗の成績で終えた。

翌年の夏、力道山の指示で、先輩レスラーの芳の里、マンモス鈴木とともに修行のために渡米。この時の渡米で、レスリングの師・フレッド・アトキンスにマンツーマンの指導を受けた。特筆すべきは、生涯の親友となった人間発電所・ブルーノ・サンマルチノとの出会いである。お互いにグリーンボーイだった二人は、片言の英語で励まし合い、世界的なレスラーになることを誓い合ったものである。

無一文で乗りこんだアメリカでの修行は一年八カ月に及んだが、物心両面にわたって厳しい条件の下にあった。しかし忍耐と努力でそれを乗り越えたからこそ、今日があると言えよう。

この間、ＷＷＡ（世界レスリング協会）やＮＷＡ（全米レスリング連盟）のチャンピオンに連続挑戦し、善戦した。得意技の一六文キックは、一九六二年七月にあったスカル・マーフィーとの試合で、履いていた一六インチの靴で彼の顔面めがけて足を上げたことから始まった技であった。名付けたのは日本のスポーツ紙で、靴の裏に書かれてあった〝一六〟という数字を見た記者が、アメリカの靴のサイズのインチを当時の日本の靴の単位であった〝文数〟と勘違いして、「一六文キック」と書き立てたのが始まりである。

一九六三年三月、迎えにきた力道山とともに凱旋帰国、ファンの大歓迎を受けた。この帰国後、私は本名の馬場正平ではなくジャイアント馬場と呼ばれるようになったが、それは、アメリカ修行時代に「正平・BIG・馬場」または「馬場・THE　GIANT」と呼ばれていたのを日本のスポーツ紙が呼称するようになったのが始まりであった。

帰国後の私は、「第五回ワールド・リーグ戦」でキラー・コワルスキーやカルホーンらと戦い、好成績をマークした。

一〇月に入ると、再び力道山の指示で二度目のアメリカ修行に出された。今度はトップレスラーへの厳しい特訓を受けるためで、フレッド・アトキンスの自宅があるカナダのオンタリオに連れて行かれてしごかれた。この渡米中、一二月二四日に力道山の訃報を聞きショックを受けたが、すぐに帰国せず、約束された試合をこなした。二月五日ルー・テーズのNWA王座、二月一七日ブルーノ・サンマルチノのWWWF王座、二月二八日フレッド・ブラッシーのWWA王座への三大タイトルに連続挑戦した。一九六四年四月三日に帰国した私は、その足で「第六回ワールド・リーグ戦」に参加したが、アメリカでの三大タイトル連続挑戦に沸いたファンは、惜しみ無い声援を送ってくれた。

私事であるが、師・力道山の訃報にショックを受けた私は、悲しみを分かつ相手として、かつて文通していた元子に手紙を書いた。元子は、巨人軍時代、明石キャンプで遊びに行った巨人軍後援者の娘であった。彼女は初訪問の時に、足が大きい私のために手製の大きなスリッパを用意してくれていた気配りのある心根の優しい少女であった。スリッパに感激した私は、早速、お礼の手紙を書いた。それが二人の文通の始まりで、それは私が野球を断念するまで続いていた。五年ぶりに私たちの文通は再開した。一九六八年一一月に父を、その三年後の七月に母を亡くした孤独な私は、文通を再開していた元子と一九七一年九月、友人立会いだけの結婚式をハワイで行った。

ハワイは私が一番好きな所で、いつかは好きな海の絵でも描きながら余生を送りたいと思っていた所である。私たちには子供はいないが、レスラーも人の子、品位を大事にしてお互いに労りあってやっている。

一九六五年、力道山の死後永世タイトルのようになっていたインターナショナル王座が復活、その選手権争覇参加資格獲得に名乗りを上げた私は、ＮＷＡのディック・ザ・ブルーザに反則勝ちで、復活したインター・ヘビー級第三代目王者となって日本プロレス界に馬場時代の一歩を記したのである。翌年、鉄人ルー・テーズを破った私は、インター王座の二度目の防衛をし、名実ともに日本プロレスのエースとなった。二一度防衛したインター王座を奪ったのは、ボボ・ブラジルであった。しかし、二日後には三二文ロケット砲三連発で王座を奪回した。日本プロレスでの私の地位は不動のものになった。

全日本プロレス創設

一九七二年、日本プロレスが、日本テレビとの約束を破ったことから、日本テレビは十八年続いた生中継を打ち切ってしまった。スポーツ選手は約束事に対して誠意で応えることが基本だと思っている私は、日本プロレス経営陣に対して不信を持ったので辞表を提出した。そして一〇月二一日に全日本プロレスを旗揚げしたのである。中継を打ち切っていた日本テレビは、全日本プロレスの中継を決定した。

全日本プロレスを創設したものの、選手も少なく途方にくれたが、この苦境に協力してくれたのが、力道山の遺族とサンマルチノであった。サンマルチノは一貫して私を立ててくれ、他から招請の誘いがあっても「馬場がいいと言ったらいいよ」と友情を貫いてくれた。創設の翌年にはＮＷＡの加盟が認められた。そして、力道山でさえも生涯の夢としていたＮＷＡのチャンピオンになったのは一九七四年一二月のことであった。このＮＷＡの第一副会長になったのが一九八四年である。国内公式戦三〇〇〇試合連続出場を達成したのが一九八〇年四月二五日で、一九九三年四月には空前の国内五〇〇〇試合出場を達成した。

全日本プロレスのモットーは、「明るく楽しく激しく」である。多くのファンに支えられている限り、質の高い試合を提供するためにまじめに頑張って行きたい。

初出誌　平成十年十二月　エッセイ集「窓」第九集

ジャイアント馬場　プロフィール

本名馬場正平。三条実業高校（現・三条商業）中退。高校時代は野球と卓球の選手。中退後、昭和29年投手として巨人に入団。その後、大洋を経てプロレスに転向、力道山門下に入る。36〜39年に2度アメリカへ武者修業に出かけ、帰国後の40年にインターナショナル・ヘビー級の王座につく。47年独立して全日本プロレスリングを創設。以来その総帥として大活躍。48年ＰＷＦヘビー級、49年ＮＷＡ　世界ヘビー級のチャンピオンとなり，日本マット界の大黒柱となる。平成5年4月　5000試合出場を達成。身長200センチ、体重135キロ、得意技は16文キックなど。趣味は読書、油絵、ゴルフ等

20年掲載記念パーティー

漫画家　石ノ森章太郎

先日、面白い小パーティーがあったので、記しておく。

「本日は、有り難うございました」

冒頭、私はこんな挨拶をした。

「20年という歳月は、一口で言うと短いようですが、時間にすると約17万5千2百時間、オギャアと生れた子が成人式を迎えるのです。その間、一回も休まず描いたヤツもエライが、描かせた方もそれ以上エライ」

実はこのパーティー、「ビックコミック」という成年まんが誌の20周年を記念して、発行元の小学館編集部が、創刊以来一度の休載もなく描き続けた、二人のマンガ家を慰労するためのものだった。

二人とは「ゴルゴ13」のさいとうたかをと、かくいう私である。

「……オニより怖い編集部が、突然優しくなって、ワレワレ二人をこのように慰労してくれる気になったのは、もしかしたらつい先日、先輩の手塚治虫さんが急逝されて、こりゃアそろそろ〝年寄ドモ〟にヤサシクしておかなけりゃ、と思った為なのか、あるいは、20年も描き続けたのだからもうこの辺で、と引導を渡すつもりなのか、実は、この会場へ来る途々、大いに悩んでいたのでありますが……」

殆どマンガばかりの〝少年週刊誌〟が登場したのは、30年前の事である。遅れて10年後、「ビックコミック」などの成年向けマンガ誌が発刊された。一向に少年マンガ誌離れしない大学生や社会人が激増し、嘆かわしいと社会問題にまでなっていた頃である。

ならば、そんな大人の観賞に耐えられるようなマンガの、マンガ誌を作ろうではないか。

思えば、凄い熱気だった。

大人が納得するマンガとは、一体どういうものなのか。より高度な絵のテクニックか。それとも内容——ストーリーを複雑にする事か。あるいは、少年（少女、子ども）向けの作品ではタブーとされていたSEXや暴力といったテーマを取り入れる事か。

いや、結局、キャラクター（人間）を深く描き込む事ではあるまいか。

それは、マンガというメディアを原点から問い直す作業でもあったように思う。

戦後間もなく、手塚治虫という一人の天才が、映画的手法を駆使した〝ストーリー・マンガ〟を登載して彗星の如く登場した。当時、最大のエンターテイメントだった映画、それに魅せられていた〝映画少年〟たちは、その手法に共鳴し、熱狂した。

手塚治虫の新しさは、それだけではなかった。マンガに、悲劇を含めたドラマの要素を導入した事。だからこそ、活字世代、即ち〝文学少年、青年〟たちをも魅了した。

35、6年前の、マンガ投稿誌を見ると、それが良くわかる。筒井康隆・眉村卓・平井和正・清水哲夫・横尾忠則・黒田セイタロー……エトセトラ。現在では異なる分野で活躍している人たちの名が連なっている。

手塚治虫は〝漫画〟を〝マンガ〟にし、そしてマンガは当時の、自己表現手段の、ニュー・メディアになっていたのだ。

ともあれ、様々の才能が参集するメディアは、それだけで強大なパワーを持つ、現在のマンガ界の、少々異常とも思える程の隆盛には、こんな端緒があったのだ。

青年コミック誌による、読者層の拡大（上への）は、マンガというメディアの質的向上にも継がった文学や映画に、追い着け追い越せが目標だったが、取り敢えず先ず〝量〟が追い越した。

彼等が低俗、あるいはバカバカしいとして切り捨てていった部分を、マンガ家たちは臆面もなく拾い上げ、取り込んだ。文学や映画も、本来はその部分こそがエンターティメント、面白い部分だったのだ。そのエッセンスを頂戴したのだから、読者あるいは観客がマンガに流れ込んできたのは、当然と言えば当然の事だった訳である。

では〝質〟はどうなのか。

映画は一時期、マンガのテクニックを羨しがり（例えば齣《こま》・フレームを自在に拡大縮小できるといった）真似た。マンガを原作とした映画が数多く作られるようになった。

小説は、マンガ育ちの作家が誕生し、マンガ風のテーマを、マンガ風テクニックで書き始めた。

現象面で見る限りは、マンガの優位、延いては〝質〟も、文学や映画を追い抜いて向上したかの如くではある。

が、果たしてそうだろうか。当事者故に冷静な判断が出来憎いのだが、個人としては、まだまだの感が強いと思う。もしかしてこれは、活字世代、映画世代の尻尾――コンプレックスに由来するのかも知れないし……。

確かにマンガは現在、映画と小説の影響から脱し、独自のテーマと独自のテクニックを開花させている。マンガはマンガなのだ。となれば、活字や動く映像と比較する、事自体が間違っている、とも言える。

また、マンガメディアがアートと認識される迄は、既にアートに昇格している文学や映画とは、比べ様がないかも知れない。

いずれにしろ、なにが正しい評価なのかは後に任せざるを得まい。

そして更に、メディアとしてのマンガ自体も、今、大きな矛盾と問題を抱えている。漫画がマンガになり、本来の意味から遠ざかって久しいが、劇画になりコミックになって尚一層、その正体は不明確になった。さいとうたかをを頂点とする劇画なるネーミングは、最早マンガとは称べないというところから来ているし、コミックはその劇画をも含めたマンガの総称として、好きなように訳せるから、と描いてきた横文字である。要するに苦肉の策なのだ。

ゲームからテキストまで、マンガ的手法が使われている現状と、更には将来の拡散・拡大を考えれば、このメディアの正式名称がまだ無い、というだけに止まらない矛盾と問題を孕んでいる、というのも決して大袈裟ではないだろう。

「……出来れば後20年またご一緒に仕事をさせて頂きながら、マンガの行く末を見極めたい。そう思っておりますので、どうぞヨロシク」

20年掲載記念パーティー。

酒の合間に、こもごも思った事である。

初出誌　平成元年八月　エッセイ集「窓」第二集

石ノ森章太郎　プロフィール

本名　小野寺章太郎
出身地　宮城県登米郡石森町（いしのもりちょう）
生年月日　昭和13年1月25日
宮城県立佐沼高校在学中〝漫画少年〟に「二級天使」の連載を始め、デビュー。卒業と同時に上京、

石ノ森章太郎　212

漫画家生活に入る。昭和42年度講談社児童まんが賞、昭和43年度、昭和62年度小学館漫画賞受賞。昭和62年度日本漫画家協会漫画大賞受賞。

漫画家生活30年を転機に〝石ノ森〟と改名。社団法人日本漫画家協会常務理事。

（代表作から最近作まで）サイボーグ００９、仮面ライダー、さるとびエッちゃん、がんばれロボコン、ジュン、佐武と市捕物控、マンガ日本経済入門

初体験記

音楽家　高木東六

（一）幼児時代の印象とは

ぼくはこのところふるさとにおける演奏会をとても愉しみに待っている。一つは鳥取の米子市で、次は岡山市の妹尾《せお》となっている。

ぼくの生まれたのは米子市であり、幼児の頃祖父母の家に預けられたのは岡山の妹尾だからである。

いま当時をふり返ってみるといくつかの思い出が浮かんでくる。思うに幼児時代の記憶というのは楽しかったことより、辛かったものの方がより強いらしい。

例えば叱られた記憶は、ぼくが四歳の頃、わが家の一軒おいて隣りに雑貨屋があり、店先にある筒の中に花火がさしてあった。空中にスルスルと上ってパッと火花を散らす仕掛けのもので、日頃から欲しくて堪らない花火だったのである。それを買うことは母に堅く禁じられていた。

ある日そっと三本の花火を筒から抜きとり急いで家の押し入れにかくした。それは忽ち母に発見されてしまい頬をひどくぶたれたうえ、庭の木蓮の木にぐるぐる縛りつけられたのである。「ごめんよごめんよ」といくらくり返し叫んでも母は赦してはくれなかった。時刻は次第に迫って夕暮れになり、お寺の鐘の音がゴオーン、ゴオーンと聞こえてくるのであった。その夜盗んだ花火を持たされて、母につれられ雑貨屋のおばさんの前で謝らされたのである。おばさんはにこにこ笑いながら、盗んだ三本の花火のほかに更に二本を加えてくれたこを覚えている。

もう一つは、恐らくぼくの五歳の頃だったと思うけれど。自分の跳躍を試そうとしていろりを飛び越えようとして失敗。火の中に尻もちをついてお尻に火傷をしたのである。その痛さは凄まじかった。

この日の夕刻に家の前を皇太子時代の大正天皇が黒塗《ぬ》りの馬車でお通りになったのである。ぼくは痛さに堪えながら両親の間にはさまって深々とおじぎをしたこと。

成人してからの思い出というものは生活の歯車が大体ワンパターンの繰り返しなので心に沁みにくいのでは。

(二) 日本人と欧米人との審美感の格差

先日ぼくは久しぶりにある新進作曲家の発表会があるのでコンサート・ホールに出かけた。一、二曲聴いたのだけれど、どこがいいのか、さっぱり理解出来ない。とても堪えられないので、二曲目が終わったところで退場したのであるが——驚いたことに聴衆たちの中に、曲が終わる毎に多少の拍手をする人がいる。果たして拍手をした人達はその曲が理解出来たのであろうか。ぼくは専門が音楽家でありながら、曲想がちんぷんかんぷんで退屈なのでやり切れない思いだったのである。生来ぼくの趣味は極めて古典派とロマン派的なので前衛的な芸術には全く興味がない。

絵画でもマルやサンカクを描いてあるアブストラクトや、超現代詩などには縁もゆかりもないのだ。ぼくは絵画でも音楽でも文学でも十五世紀から十九世紀頃までの芸術作品に限って愛していると言えようか。

ぼくはフランス留学時代にこんな経験のあったことを忘れない。ある日映画館へ行った。それはモンパルナスにあるシネマ。モザール（モーツァルト映画館）で、その夜の第一部のアトラクションにジャズの演奏があった。

曲目の中にショパンのピアノ曲である幻想曲のメロディーがありそれをジャズ化したもの。その演奏が始まって一、二分経過した頃、聴衆の一人でかなり年輩のおじさんが矢庭に立ち上がって「止めろ！」と大声でどなった。「ショパンの名曲をジャズ化するとは曲の冒涜ではないか」と言ったのである。そのおじさんの意見に同調して次から次へ十人前後の聴衆が立ち上がったのである。演奏は中止されたのは言うまでもなかった。

またパリでは有名なオーケストラを聴きに行ったとき、当時のある作曲家による初演があった。演奏はいくら理解しようとしても絶えずディスコード（不協和音）の連続でただ雑音の延長である。五、六分経過した頃一人の紳士が突如立ち上がり腕をふりあげて「そんな音楽、止めてくれ！」と叫んだ。それから次々に聴衆が同調。二、三十人が「止めろ、止めろ！」と凄まじい怒号に膨張したのである。このほかにピアノやバイオリンの下手な演奏は止めさせる。

ここで考えられることは、ヨーロッパ人は音楽に対するそれぞれ個人的な理解度と自信と勇気を率直に表現するということ。日本の聴衆はいかに超現実で理解困難な演奏がなされたとしてもいかにも理解したようにすまして、拍手さえしているのを見かける。

(三) 風景と音色

ぼくは昨年イタリーへ行ったとき友人と二人でローマの高級レストランで夕食をしたのであるが、食事が終わった頃、アメリカのツアーの中の4、5人が歌い出したのである。その曲は誰もが耳に親しんでいるポピュラーソングで、例えばフォスターの「オールドブラックジョー」や「おおスザンナ」や「夢路」など。みんな容器に沸き立っていた。そのときドヤドヤと大ぜいの旅行団体が旗を先頭のガイドに案内されて入ってきたのであるが、見ると日本人の一行で、殆どが年寄りである。

初めのうちはキョロキョロしていたが、アメリカの団体の歌に刺激されたらしく誰かが歌い出したのである。歌は「佐渡おけさ」に始まり「炭坑ぶし」に「安来ぶし」というぐあい。手拍手と声は次第に大きくなるばかり、その気勢に押されてアメリカさんたちは呆然として見ているだけ。

ぼくはとても恥ずかしくて居たたまれず、友人と早々に引きあげた。外に出るとぼくは不思議な心境にとらわれた。というのはローマ全体がとても悲しく沈んだ街に変貌していたのだ。よく考えてみると先刻の老人たちの歌った日本民謡のメロディーの印象が心に刻みつけられて消えていないのであった。

それは音響と風景は密着して相互に高め合うハーモニーを作り出しているということが言える。つまり「佐渡おけさ」や「安来節」は日本の景観だったら効果的なのである。ローマの街はベートーヴェンやモーツァルトの音楽でなければならず、ナポリやヴェネチアではナポリのカンツォーネでなければハーモナイズしないということに繋がるはず。

フィレンツェへ行った時、夕刻に遠く近くの教会から鳴り渡る鐘の響きはキンカンコンと鳴って自らハーモニーを構成。その音響は何か爽やかで明るい希望を抱かせるのであった。日本のお寺の梵鐘の響きはゴーオンボーオンと後を引いてその後味は来しかた行末を思わせるような暗い印象になる。

民族性による音響の趣味はそれぞれ違うのか興味深い。インドやアラブや中国などの楽器と音色はことごとく異質の音色で国民の性格を知らせてくれる。

ちなみに生け花の効果音ではしゃれた音色がほしい。例えば絃楽カルテットやハープシコードやギターの音色が解け合うと思うけれど――。これはぼくの個人的見解であることを断っておく。

（四）ぼくの災難

人生でいちばん幸福《しあわせ》なのは、健康であるということを、今日この頃ぼくはしみじみと実感している。

それは先月八日の夜、外出するとき家の石段を下りて街路に出ようとしたとき僅かなコンクリートの隙間に足元をとられ踏みはずしてひっくり返ったのである。その夜は雨が降っていたし、傘をさし片手に靴を携げていたし、足元が暗かった。立ち上がろうとしたが激痛が走り、立ち上がれずうんうん唸って蹲っていた。それを見た通行人のおじさんが抱きかかえて家まで運んでくれたのである。

翌日孫の車で中区港町の鳥山整形外科病院へ行き、レントゲンで見ると左足の小指が第四指から肉離れしていることが分かった。

そのアクシデントは九月八日でそれからのスケジュールが混んでいる。つまり四日後の十二日には大阪へ、十四日はそごう百貨店の九階でおしゃべりと新聞社の取材。十五日は長崎のある婦人団体による二十周年記念演奏会で、ぼくの曲を十曲演奏する。

十八日は横浜東ロータリーでの講演。二十一日は作曲家の理事会、エトセトラという次第。これらは断ることの不可能な会ばかり。病院から松葉杖を借りたが歩行の技術がとてもむずかしいし、運動音痴のぼくには出来そうもない。仕方なくステッキを求めてもらい、ピョンピョンと歩く。羽田空港では生まれて始めて車椅子のご厄介になるという始末。

十月になってから、ようやくステッキをつきながら外出できるようになったけれど、歩くたびに左足先がシックシックと痛むので、ビッコを引きながらの歩行で、とても時間がかかるしくたびれる。

さて、ぼくがこの災難からうけた人生観は、人生でいちばん幸福なのは、健康であるということ。このハプニングで得た教訓は、自分を大事に毎日自己管理を怠らず、外出のときは一歩一歩を注意しながらゆっくり歩き、そして自分の年齢を考えること。そして眼や足の不自由な人たちを見かけたら、その時その場の状況に応じて親切に手を貸してあげること。

ぼくの人間性は決して善意や誠実ではないけれど、今回の負傷から他人の不幸を思いやる心境が、以前にも増して関心が高くなっていることに気づくのである。

思いやりと正しい行為は、後世に必ず天国か極楽への道に繋がるものと確信しているし、宗教はなんたるかを問わず、ぼくは神さまを信じているのだから。

（五）「死」への恐怖と願望

　ぼくの個人的信仰では、死後の世界は必ず存在していると確信している。それはいかなる世界かは全く分からない。さまざまな宗教家は天国、極楽浄土など輪廻《りんね》転生を説いてはいるけれど、これはあくまで幻想的仮定のまぼろしに過ぎず、いかに優れた名僧知識や哲学者でも、死後の未来を具体的に想定し得ないのではなかろうか。

　しかしぼくは死後の世界がいかなる状況であろうとも不明のまま、その存在を否定することは出来ない。中世に発生した仏教も、イスラム教も、キリスト教、その他もろもろの新宗教も、どの神さまが最も効果的で霊験あらたかであるかを論じるのはじつにナンセンスではあるまいか。どの神さまでもいいから、熱心に帰依する信仰心の軽重により、いわゆる極楽浄土や天国への道は必ず開かれるものと固く信じて疑わない。

　死者は区別なく、誰もが祖霊となり、成仏が出来よう。だが、そのランクは平均化されてはおらず、現世におけるさまざまな行為によって、厳密に差別されているだろう。善の人間性は天国、極楽へ、悪の人間性は地獄へと分離されているに違いあるまい。

　地獄にも上下のランクがあるはず。だから死ねば誰もがみんな同列の世界であるとは限らない。神を信じ善行をほどこしている人間は素晴らしい世界へ、神を冒涜、悪徳の人間は地獄の業火の中で苦しむだろう。

ぼくの身ぶるいする程の恐怖は、寝たきり老人になったり、ボケ老人になったりして家人や周囲の人に迷惑をかけることを想像することである。

だから元気なうちに自殺をしたら——と考えたりするのだ。最近飛行機での海外旅行で陸地の見えない海洋のど真中へきたとき、墜落してほしいなどとチラッと頭をかすめたりする。

ぼくの親しかった音楽家、画家、医者の三人は優秀な人物だったにも拘わらず自殺しているし、また作家では既に功成り名遂げている芥川龍之助や三島由紀夫や川端康成などが数えられよう。彼らの煩悩や人生観は、ぼくなどとは次元が全く異なるのだろうけれど、えらいなあ——などと思ったりする。

ぼくは、三年前傘寿を迎え、あと三、四年で米寿を迎える。

(六) アルメニアの惨事に寄せて

時代の経過とともに次第に地球が小さくなってきたように感じられるのだが。

世界中のあちこちで発生している紛争。海外旅行者の盗難——列車や船舶のおびただしい死傷事故。また、わが国における政治家、事業家、教育者などのおえらいさんたちが、あってはならない贈収賄のスキャンダルなど、不安材料が増大しつつあるように感じられるのは果たしてぼくだけであろうか。

特に凄まじいショックをうけたのはアルメニアの大地震の情報であった。昔はアルメニアといえばとても遠隔の都市で縁が薄かったけれど、現代ではぼくらの棲む日本と同じ身近な感覚で捉えられる惨状である。地球と世界が益々狭く小さくなって昔日の距離感とは全く次元が違ってきた。

元来ぼくは地震恐怖症の重症患者なのである。たったマグニチュード一か二の微震でもたちまち庭に飛び出すありさまなのだ。というのは関東の大地震以来恐怖症になってしまったのである。

その日つまり大正十二年九月一日の正午近く、凄まじい地震の上下動が起こった。当時のわが家は横浜市平沼町で、特にひどかった地区らしい。

その時ぼくは二階の部屋でピアノを弾いていた。突如の上下動でぼくは椅子からはね飛ばされ、二階全体がグラグラッと急傾斜してピアノが滑って階段口から転落、ジャジャーンというあの時の響きはいまでも耳に残っている。母は大事なものをとりに、崩れた家の中へ入ろうとしたら父が「やめろ危ない！　かまわん」とどなったのである。弟が見えないまま、東海道線の線路へ避難、横浜駅は燃えている。

翌日の九月二日には弟を捜すため父と二人であちこちを歩き回ったがついに見つからなかった。山の手にきた時、正金銀行は死体の山、ニューグランドホテルの前の海岸は、急に陸地が出現したかと錯覚するくらい、二、三百メートルくらいの遙か沖まで死体が密着し合って浮いていた。

この大震災の記録を克明に語ったらゆうに一冊の著書になりそう。

初出誌　平成元年八月　エッセイ集「窓」第二集

高木東六　プロフィール

明治37年7月7日、鳥取県米子市に生まれる。　昭和4年、パリ国立音楽院入学。1年後にスコラ・カントルム音楽院に入りダンディに作曲を学び、昭和7年に卒業。同16年作〈朝鮮舞踊組曲〉は満州新京交響楽団応募作品に1位入賞。その中の〈朝鮮の太鼓〉は同年文部大臣賞を受賞。帝国音楽学校ピアノ科教授、宝塚歌劇団作曲者および指揮者、高木室内楽団を主宰。軍歌の〈空の神兵〉や25年に大流行した〈水色のワルツ〉がある。

昭和53年神奈川文化賞、56年横浜文化賞、同年勲四等旭日小綬章受賞。

現在横浜市民合唱団〈シワクチャーズ〉主宰。日本音楽著作権協会評議員。

シャンソンへの誘《いざな》い

シャンソン歌手　芦野　宏

クラシック音楽で出発した僕が、いつの間にかシャンソンを歌うようになって四十年ちかい年月が流れてしまった。

シャンソンの魅力は果てしなく深く拡がり、汲めども尽きぬ泉の如く飽きの来ないものであることを、さいきんまた改めて感じている。

はじめて僕がシャンソンを勉強する目的でパリを訪れたのは一九五六年、昭和三十一年秋のことであった。その頃は既に、古いフランス映画に出てくるような大道芸人や、アコルデオン弾きの姿は消え、エディット・ピアフの様に街角や中庭でシャンソンを歌う人の姿も見当らなかった。

むしろパリの街は騒音を取締る運動がさかんで、車のクラクションを鳴らすことも禁じられていたから、馬鹿に静かなところへ来たと思った。その頃、東京の街角では道ゆく人に呼びかけるスピーカーから、うるさい音と客寄せの声が流れ、色とりどりの安売り商品が並べられていた。夜になると七色ネオンの海になり、呑み屋が全盛だった頃である。

突然目の前に現れた静かな街パリ。夜になるとシャンゼリゼ通りのネオンも、白一色に統一され、車のテールランプだけが赤いルビーの行列の様に流れていた。

然しひとたび劇場の中に入ると、華やかな舞台が夜毎くりひろげられ、思わず息をのむ奇抜なアイディアに圧倒された。規模の大きさではニューヨークのラジオシティや浅草国際劇場に及ばなくても、内容の充実した究極のスペクタークルを見せてくれた。

シャンソンは「オランピア」「ボビノ」「コンセール・パクラ」の様に劇場スタイルのものから、シャンソン小屋風の小ぢんまりしたもの、キャバレー形式でシャンソンをきかせる店等、毎晩一軒ずつ歩いても到底廻り切れない程である。

言葉が十分に理解出来なくても、シャンソンは僕の心を捉えて離さず、実際に本ものの有名な歌手が目の前で歌うのをきいて、益々この道にのめりこんで行くのであった。

シャンソンには色々な種類の歌がある。ダミアや、ピアフの様に絶叫しながら人生の哀しみや現実を訴えるものがあると思えば、現実から離れて夢の様な、ファンタスティックな世界を得意とする歌手も多い。また、声の甘さで魅力的に歌いあげ、人の心を掴む歌手、テイノ・ロッシの様な大スターもある。

イベット・ジローは分かりやすく、家庭的な雰囲気で語りかけてくれる。そうかと思えば風刺を交じえながら、笑い顔ひとつしないで歌うジョルジュ・ブラッサンスのような歌手もあり、異国情緒を歌うマシアスも人気が高い。世界的な傾向で、シャンソンの世界にも若者たちのグループがさいきんは目立って来たが、僕は年齢のせいか、古い歌の方が面白い。

シャンソンの歴史はまだ浅くて、百二十年そこそこだから、古いと云ってもたかが知れている。いまのフランス人たちが、グランクラシックと呼んでいる名曲の数々「愛の賛歌」や「枯葉」が世界的にヒットした頃の作品の中に、まだまだ面白い歌がたくさんあるのだが、あの頃の歌をもっと発掘したい。

僕は今迄にも色んな種類のシャンソンを日本語に直して紹介する努力をして来た。本場にはこう云う歌手は居ない。グレコは飽く迄もグレコであり、ベコーはベコーなのである。然し僕にはシャンソンを日本に紹介する使命みたいなものがあるので、なるべく多くの歌手の歌をとりあげることにしている。

然しそこに訳詞の問題が出てくる。〝シャンソンは言葉の芸術〟だからである。諸外国のポピュラーソングの中で、とくに、とびぬけてことばが重要なのである。

そこで、こんどは訳詞者が必要になってくる。僕が日本語で歌えるシャンソンは、千曲以上あるが、その殆んどが薩摩忠氏と、なかにし礼氏のものである。両者の訳で同じ曲を歌ってみたら、その雰囲気の違いにびっくりした。両氏共、仏語に精通した一流の詩人である。内容は同じでも日本語の響きがちがってくると別な歌の様に感じることさえある。

僕がいま取り組んでいる「訳詞コンサート」は、そんな疑問を聴衆の皆さんと一緒に考えてみたいと思うことから始まった。

越路吹雪という素晴しい歌手が残したシャンソンは、殆んどが岩谷時子の訳詞によるものだが――原曲、歌手、訳者の三者の呼吸が合うと、元歌（もとうた）以上に輝くこともあるから――本当に面白いと思う。

シャンソン、それはフランスで生まれた大衆のうたである。然し今や日本人の心の中に浸透しつつあり、みんなの歌になりつつある。ぜひ僕たちのシャンソンコンサートに耳を傾けてけていただきたくお願い申し上げる次第である。

初出誌　平成三年十月　エッセイ集「窓」第五集

芦野宏　プロフィール

東京芸大声楽科卒。一九五三年ＮＨＫ「虹のしらべ」でデビュー。日本各地のステージ、ラジオ、テレビ（ＮＨＫ「くらしの窓」の司会、「紅白歌合戦」10回連続出場等）パリのオランピア劇場出演（一九五六年）リーヌ・ルノーとのデュオ曲吹込み（一九六一年）。

一九八二年より2年連続、東京都知事の文化使節として、パリでの日仏親善コンサートに出演。一九八八年六月「シャンソン三五周年リサイタル」を終え、一一月パリで第三回日仏親善コンサートを開き、ゲストに仏国のトップ歌手リーヌ・ルノーを招く。一九八九年一月、東京でパリコンサートを再現し、六月にはニュージーランドでの親善コンサートに出演。一九九〇年秋、パリ市ヴェルメイユ勲章、紫綬褒章受章。

ヒット曲も「ラ・メール」「パパと踊ろうよ」「枯葉」「黒い瞳のナタリー」等。ＣＤ「私のシャンソン史」「マインド名歌五〇曲」テープもある。

相撲に生きる

元横綱琴桜　佐渡ケ嶽慶兼

今の私からは、誰しも想像し難いことと思うが、私は八か月の未熟児として生まれた。お産婆さんが出産までに間に合わず、駆けつけたときにはすでに、小さく弱々しい赤ん坊が生まれていたのだという。産声もあげなかった私を、お産婆さんは足をもって逆さにしておしりを叩いたが、泣く様子もない。

しかし、あきらめきれない母が私を胸に抱いていると、そのうち弱々しく乳首を口に含み、乳を吸いだしたのだそうだ。

私が生まれたのは昭和十五年で、戦争の食料難のさなか、母は実に苦労して私たち六人の子供を育ててくれた。いものつるを一本一本抜いてきたのを煮て雑炊にしたり、いわしをすりつぶしてつみれにし、汁にいれたりと、私たちを食べさせるのに一生懸命だった。

しかし、父は警察官で厳格な人だったので、かゆに入っている米が少しでも多いと、闇米を買ってきているのではないかと母を責め、言い争いをしていたこともよくあった。

あの母の苦労無くしては、今日の私はなかったことを思うと、いつも母に対する感謝の気持ちでいっぱいになる。

そして、小さい頃は身体の弱かった私を、父はいつも叱咤激励してくれていた。「他人と同じことをしていたのでは、他人より秀でることはできない。他人の上をいく人物になりたければ、他人の三倍努力しろ！」と、教えてくれたのも父だった。

小学校五年生の頃、私は毎朝五時には起きて、神社まで走らされた。冬ともなると、私の故郷の鳥取県では、雪が高く積もる。その中を、はだしで、柔道着一枚を身に着けて、雪をはねあげながら一・五キロはある道のりを走っていった。すそに雪が詰まり、冷たさで足がどこにいったのかわからないほどに麻痺してきて、何回も引き返そうと思った。

けれども、歯をくいしばって神社の長い階段を何度も駆け登り、駆け降り、大木に帯を結びつけて打ち込みの稽古をしているうちに、だんだんと身体中に熱気が噴き出て、ほおが火照ってくるのだった。

家に戻る七時ころには、だんだんと陽が昇ってきて、美しい朝焼けになる。それを眺めていると、松の木に積もった雪が落ちてきて、湯気のあがっている身体を冷やし、それは気持ちがよかった。

夜は警察署の道場で、稽古をつけてもらい、そのせいかみるみる身体が丈夫になっていった。

中学校二年生で柔道は二段、他にも水泳や陸上で優秀な成績をおさめていた。

そして、高校二年生になって、その歳では珍しい三段をとり、将来も柔道に通じる道を考えていたのだが、たまたま頼まれて出場した相撲大会で、全国のベスト8に入ってしまった。

それが、私を角界へ導くきっかけになったのだ。

最近に比べれば、当時の稽古は非常に厳しく、このまま死ぬかと思うほどであった。激しくしごかれて意識がもうろうとしてくると、容赦なく水をかけられる。

そのまま伸びていては、またどこを蹴られるか分からない。殺されるかと思うほどの、緊迫感があった。ふらふらになりながらも立ち上がって、また向かっていく。毎日がその繰り返しだった。

逃げだしたくなることもよくあったが、その度に両親の顔が浮かび、まだ頑張れると気持ちを新たにしたものだった。今でも私は、両親の声を聞くだけで疲れもなにもふっとぶ気がする。

今にして思えば、先輩にしこまれていたときの、あの厳しさがよかったのだと思う。甘えを捨て、ここ一番のときに踏ん張りのきく人間になることができた。

今の子供達を見ていると、過保護に育てられすぎて、なかなか強くなれない。飽食の時代に育って、栄養が偏っているせいか、骨が弱く、足腰もしっかりしていない。

今の母親は、子供に対する愛情に思い違いがあるように思える。母乳を与えず、食事も電子レンジなどでできる簡単なものばかり。これでは親孝行の子に育たないのも、無理からぬことだろう。

また、何度いってきかせても、わからない子がいる。そうした子供たちの家庭は、両親不在である場合が多い。

そして、今の子供たちに何よりも欠けていることは、始めたことを最後までやり通そうとする強い意志である。故郷を後にして相撲部屋に入っても、稽古を見ただけでブルってしまい、一日で帰ってしまう子もいる。

自分のことさえ自分でできない子も多い今日だから、それも驚くほどのことでもないが、そのうちにこうした子供たちが世の中の中心となり、世界の国々とやっていかなければならないことを思うと、いつも心配になってしまう。私は、親善や巡業で、世界の大国を見てきているが、日本の若者について考えると、まことにこころもとない限りだ。

今私の部屋には、五十人の弟子たちがいる。みんな私のかわいい息子である。

この頃の子供達は、厳しさから逃げようとするが、厳しさがなければ強くはなれない。私は息子たちに、厳しさと強さを学んでほしいと願っている。

相撲界は、今の日本には、特異な社会だ。礼節を特に重んじ、礼儀で始まり、礼儀に終わる。日本古来の、人を敬うことを大切にする、素晴らしい世界がそこにはある。

そうした、今や忘れ去られようとしている、日本の良さを残しているからこそ、近年相撲が再び人気を盛り返してきたのだろう。

私は五十人の息子たちと、日本伝統の国技を、大切に守っていきたい。

初出誌　平成五年二月　エッセイ集「窓」第六集

佐渡ケ嶽慶兼　プロフィール

昭和十五年　鳥取県倉吉市生まれ。

四股名　鎌倉→琴桜

初土俵　三四年一月　三八年　入幕し、四九年五月場所が横綱として最終場所。殊勲賞四回、敢闘賞二回を受賞。

努力の二字がぴったりの横綱で、長い大関時代ケガの連続であったが、四七年九州、四八年初場所と連続優勝をして横綱となる。得意手は右四つ、寄切り、押出しで猛牛のあだ名どおりの出足は威力があった。引退間もなく師匠が急死して年寄佐渡ヶ嶽となる。

かけがえのない母の思い出

女剣劇役者　浅香光代

私は母親によって役者になりました。母の愛、理解なくして、現在の私はなかったと思います。

私がまだ小学校へ上がる前、当時は浪曲の全盛期で二葉百合子さんを初めて聞きました。その二葉百合子さんが私と同じ齢と知って、私も浪花節語りになりたいと思いました。六歳の頃です。よくどこかへ出かけては、浪曲を聞いていました。

そのうち三角博さんの普遍の浪曲とは違った浪花節（普通はうなる感じなのですが、三角博さんはうならないで、誰にでも歌えそうでとても人気がありました）に心ひかれ、何となく子供の私も口ずさんでいました。

それで、母は広沢虎造先生など有名な浪曲の先生のところへ私を連れて行ったのですが、いずれも声が悪い、ということで断わられてしまいました。

その後、映画の子役のテストを受けるため練馬区大泉にある新興キネマ（現在東映東京撮影所）にも母に連れて行かれましたが、子役としては大き過ぎるということもあって、年齢の割に大柄だった私はそこでも断わられてしまいました。せっかく浪花節（広沢虎造先生の十八番、森の石松三十石船のくだり）までうなったのにと悔しい気持ちでした。

私の家は私が三歳の頃、今でいうバブルがはじけて倒産。父親が働かないでいたので、母親は昼間は工場へ行って働き、夜は大塚の小料理屋で遅くまで仕事をして女手一つで一家五人の家計を支えていました。その母の後姿を見て、私が一日も早く女優になって、母を楽にさせてあげたい、家族全員を幸福にしたいと子供心に女優になることを強く念じていたのです。

その夢のような女優への憧れが、現実になるきっかけが意外に早くできたのです。

母が夜小料理屋で働いていたとき、たまたま西野薫先生が飲みにいらしたので、母はうちの子が役者になりたいのでと私の写真を見せたところ、幸運にも先生の弟子の浅香新八郎先生を紹介していただけることになったのです。

そして九歳の時、私は浅香新八郎、森静子ご夫妻に弟子入りしました。浅香新八郎先生は日活のスターから第一映画、新興キネマに所属しましたが、同じ新興キネマ所属の森静子先生と結婚して、映画会社を去り、新生国民座を結成したのです。

森静子先生は、阪東妻三郎さんの相手役も務めた可憐な娘役スターとして評判の方でした。

母についてのエピソードですが、母は当時としては珍しい女学校出のインテリでしたが、大のばくち好きでした。というのは、母の育った家が福島市の劇場だったせいもあったのでしょう。

その母の影響を受けてか、小学校へ入って算数の時間に「2+3はゴケ」などとばくちの答えをしたため、大変な問題児と思われたこともありました。

こうして母のおかげで浅香先生ご夫妻に弟子入りできたのですが、浅香新八郎先生のお母さまがこれまたばくち好きの方で、弟子入りしてからもばくちの相手をしたりして、そのお母様にもとても可愛いがっていただきました。

森静子先生の弟子ということで、小森昭子（昭子は本名）の芸名をいただき住み込みの

舞台姿の筆者

修業をするうち、私にとって東京・神田劇場での初舞台の日がやってきました。九歳のときです。

初舞台といっても何のことはありません。セリフなしの単なる通行人の役で、だしものは「ラッパ」という時局ものです。私の役は床屋さんの窓から中を覗く通行人ですが、雨宿りなので頭からハンカチをかぶっているので、顔などよけいにわかりにくい。

私の初舞台と聞いて、母は無理して尾頭付きの鯛と赤飯を浅香新八郎先生にと用意して私の出る芝居を見に来ました。私が出るというので楽しみに舞台を見たのに私か出ていたことは気付かず、芝居が終わった後、とてもがっかりしてしょんぼりしていました。

それもそのはずですが、私は母親にわかってもらうため、顔を一生懸命に出したのですが、やはりわかってもらえなかったようです。

母親に「お前出ていなかったじゃないか」と言われて「出てたじゃない。雨宿りの床屋の窓からのぞいてたのがあたし」と説明しましたが、とにかく母はガックリと肩を落としてさびしそうでした。

そして浅香先生に、「どうもありがとうございました」と挨拶する母の様子があまりに元気がなくしょんぼりしていたため、先生が私にどうしたのかと聞かれるので、私は「私がもっと舞台に出ているかと思ったのに、がっかりしちゃったんですって」と話しました。

それを聞いた先生は、私の姉弟子に役を変わるよう説得して、「柳生十兵衛」ではセリフのある腰元役を私に回して下さったのです。浅香先生は、とても情の深いやさしい方でした。

それを知った母親は大変喜んで、忙しい仕事の休みに急いで駆け付けて来て、「小森、昭ちゃん待ってました」と舞台に掛け声をかけて私に声援を送ってくれました。ただ「小森」と呼ぶ声援も他の役者さん達の手前ちょっとということで、母はそれ以後は私が出演するたびに手がはれるほど拍手をしてくれました。私はそんな母の期待にいつもこたえなければいけないと懸命に頑張りました。明智光秀ではありませんが、たとえたった三日の天下でもいいから天下を取って、母を喜ばせてあげたいと思いました。

これからというもの、浅草の観音様に良い役がもらえるよう願掛けをするようになりました。「座員の誰かが軽い病気になりますように」と。誰かが急病になれば、その代役が私に回ってくるからです。母は私のため、お茶断ちまでしたのです。

そのうち良い役もつくようになりましたが、先生は三十八歳の若さで胸を患って他界してしまいました。そのため、新生国民座は解散しなければならなくなりました。いくら森静子先生が人気があり有名であっても、男役がいなくては芝居は成り立たないのです。

その後、座を組もうということになって組んだのは、十四歳の時でした。座長としての新しい芸名を決めることになり、私は男役を通したいために、姓は浅香新八郎先生の姓をいただき浅香、名前は姓名判断の専門家に相談して光代、の〝浅香光代〟を名乗ってのスタートでした。

今でも思い出すのは、九歳の時、私が少し芝居になれてきた頃に、生活が大変ななかで半てんを縫ってくれたことです。紫色に揚羽の蝶の柄のとてもきれいで素敵な半てんでした。母は役者というのは楽屋で頭に紫色の羽二重をつけて、粋な半てんを着ているというイメージを持っていたのか、私に早く一人前の役者になってほしいという思いを込めて作ってくれたのだと思います。

兄弟子に「半てんを着るのは十年早い。生意気だ」と言われて、半てんを外しとばされてしまいました。故意ではなかったのだと思いますが、あいにくその日は雨でせっかくの半てんが雨上がりの泥でよごれ、びしょ濡れになってしまい、私は泣いて泣いて泣き止みませんでした。

森先生に泣くのを止めなさい、と言われても、母のことを思って泣き止むことができませんでした。母がどんな思いで、どんな苦労をして半てんを作ってくれたのかがわかるので、私は悲しくて辛くて仕方がなかったのです。

私、浅香光代（その当時は小森昭子でしたが）が今日あるのは、母のおかげです。母は昭和三十二年三月、ガンで亡くなりました。まだ五十八歳でした。私が女優になったのを一番喜んでくれたのも母でした。母は私にとってかけがえのない母であり、また名マネージャーでもありました。

初出誌　平成六年九月　エッセイ集「窓」第七集

浅香光代　プロフィール

昭和六年神田生まれ。九歳の時、浅香新八郎、森静子に弟子入り、十四歳で浅香光代一座を組む。昭和三十年に、大江美智子、不二洋子らと共に女剣劇全盛時代を作りあげる。その後、一流劇場にも進出、アメリカ公演も行う。昭和五十四年に、「演劇舞踊・浅香流」を興し、家元となり、手軽な舞踊を目指し多数の門弟の指導にあたっている。舞台、TV、映画、講演等にひっぱりだこの活躍ぶりである。

孫とサンタクロース

俳優　前田武彦

私には九歳になる孫が一人おります。男の子です。

この子は、息子夫婦の一人っ子で、生まれた時からずっと一緒にいます。

息子夫婦は、結婚と同時に私たち家族と同居しました。現在、彼ら家族は二階に住み、私たちは一階に住んでいます。

孫は、私の前に、鼻歌とともに登場します。彼の鼻歌が階段から聞こえてきただけで、私はそわそわとして仕事も手につかず、いよいよ私の仕事部屋に顔を出した時には、私はすでに仕事を放りだし、すっかりジジ馬鹿に変身しているのです。

メール交換（私だってEメールぐらいはやります）している友人から「今日は娘の孫た

ちが来ます。わが家はしばらく託児所になります」と喜々としたメールを送ってくることがありますが、「分かる分かる、分かりますよその気持！」と大きな声で答えてやりたい心境です。

俗に〝孫は来てよし、帰ってよし〟と申しますが、こと私に関しては〝来てよし、帰らぬでよし〟で、みすみす仕事に支障をきたすことが分かっていながらも、〝悪女の深情け〟的な彼との共有時間を大切にし、他のことは一切放棄……てなことになってしまうのです。。

よく、無償の愛と言いますが、私はこの孫が生まれた時から、彼に無償の愛を捧げてきました。私の七十年の人生の中には、愛を捧げた恋人も複数いましたし、その中の一人を妻にもしました。恵まれた二人の子どもにも、精一杯愛を与えてきました。しかし、孫に捧げる愛だけは、まさしく無償の愛なのです。理屈抜きで可愛く、人を愛するということはこんなに純粋になることなのだと実感し、ひたすら、ジジ馬鹿に徹しています。

思うに、子どもとの関係は、彼らを養い教育する責任が伴いますが、孫との関係は、短編小説に似て、すぐに終わってしまうかも知れないはかなさを伴っているからでしょうか。

孫の母親である嫁は、結婚以来、私たち夫婦によく尽くしてくれています。私の妻は、孫の父親である実の息子とはよく喧嘩していますが、嫁とは気が合うのか、実の娘のように仲良く、買物にもよく連れ立って行っております。

世間では、結婚と同時に子世帯が別居し、核家族化されているのが一般的ですが、いま注目されている老人介護の問題を考える時、三世代同居の家族関係の良さがこれからは見直されるのではないかと思います。

私たち夫婦は、介護の必要が生じた時には、しかるべく専門家にまかせようと考えていますが、恐らく嫁は、私たちの面倒を見ることを厭わないでしょう。同居して歳月を積み重ねてきた良き親子関係が、お互いに生活の一部となっていますから、それぞれの立場を考え、自然な形で一番良い方法を選択すると思います。

結婚と同時に親世帯と子世帯が別居している場合、問題は深刻になると思います。親の高齢化とともに同居を始めて、いきなり介護の問題が生じたとしたら、そこには感情のぶつかり合いが生じるでしょう。子世帯から見れば、降ってわいた〝介護〟という問題を、負担と感じる気持ちが強くなるのは当然です。現在の高齢者対策の有り様から見て、行政に大きな期待もできない情況の中、親世帯としては置かれた情況に困惑するのではないでしょうか。

縁あって親子となった嫁の子どもである孫です。愛しいのは当然です。私が孫と共有している時間は、私にとっては若返りタイムです。孫と対等に接しているとき、私は彼から素晴らしいプレゼントをもらいます。それは、果てしない好奇心と、純粋無垢な疑問です。孫の疑問に誠実正面から立ち向かうとき、私の脳は刺激され、新鮮な発見をします。これが今の私にとって素晴らしいボケ防止になっています。

私は孫と自転車でサイクリングを楽しみます。わが家の近くを流れる呑川が、コンクリートで覆われ遊歩道になっています。ある日、私と孫は、その遊歩道の旅に出発しました。この道はどこまで続いているのかと走り続けたら、何と羽田にたどりつきました。往復四十分の旅を終えて戻ると、私たちはインターネットでその川に関する情報を収集、知識を共有しました。そんな体験から、孫は、いつの間にかインターネットのやり方を覚え、大いに楽しみながら学んでいるようです。

ところがこのインターネットに、私の悪友からとんでもないHな情報が送られてくることがあります。そんな大人のふざけた楽しみを、孫が見てしまわないかと、孫の成長を喜びつつ、ちょっとおっかなく思っているジジ馬鹿の最近の心境です。

やんちゃで可愛い孫くんです

孫との共有時間（特に寝物語の時）に私は、孫の成長に合わせて創作話を語り聞かせてきました。孫は「おじいちゃんの素敵な物語」が楽しみで、話の途中で寝入ってしまった時には、翌日、続きを聞かせてとせがみます。私にすれば、その時々の創作ですから、何の話をしたのかすっかり忘れてしまい、彼にどやされます。そんなことから、その後は二人で役割分担をし、創作を完成させるようになりました。

先日、孫の友人が遊びにきました。彼らは、近付いたクリスマスについて語り合っていたのですが、サンタクロースについて論争していました。

「サンタは煙突もない家にどうやって入ると思う？」

「きっと、空間を通り抜ける術をもっているんだよ」

「でも防犯カメラには写るかもね」

「きっと写ると思うよ」

サンタクロースの存在を肯定する孫たちの会話を聞いていると、今も昔も、童心は変わらないなとほのぼのとしましたが、一方、防犯カメラにはまぎれもない現代を感じました。セキュリティーを持ち出すところはやっぱり現代っ子です。

ならば我が方としても、サンタの衣装を着用〝防犯カメラに一瞬撮《と》られる〟というのはどうでしょう。私ならそうするなあと思いました。

ところで問題は、やがてやって来るクリスマスのプレゼントです。私は孫に、サンタに何をお願いしたのかと聞いて見ました。すると孫が見せてくれたメモには、何と三つの願いがありました。一つは祖父である私に、もう一つは父親に、そしてサンタにです。

私はかつて聞いたことのある、米軍のラジオ番組を思い出しました。それは、サンタが登場する番組です。アメリカの子どもた

二人は大の仲よし

ちは、サンタが存在すると信じて、プレゼントを頼みます。現実のサンタ役である親たちは、彼らが要求するプレゼントの内容が知りたくて聞き出そうとしますが、子どもたちの中には、「サンタに直接頼んだ」と秘密にし、教えてくれないことがよくあるそうです。そこで必要になるのがサンタの存在です。サンタは、サンタに直接頼んだ、という子どもたちの名前を呼びながら話しかけます。

「何が欲しいのか、そっと教えてくれないかな？」

「おもちゃの消防自動車だよ」

「分かった。きっとクリスマスに間にあうと思うよ」

という具合で進行します。中には、

「ぼく、家で飼う大きな犬が欲しい」

「うん、しかし困ったな。運ぶときに、ソリにつないだトナカイと喧嘩するといけないから、ぬいぐるみでガマンしてくれないかな」

といった按配です。

　これは子どもに夢を与える素晴らしい企画だと思いました。夢を大事にするあのディズニーランドとどこか通じるところがあります。

私は、ディズニーランドに取材に行ったことがありますが、ミッキーマウスやドナルドダッグなどの着ぐるみに入っている人たちは、休憩時間でも、社員食堂だろうが何処だろうが、役になりきって過ごすということを聞きました。

ディズニーランドを訪れる人々は、そこで活躍するキャラクターに夢を抱いてくるのです。観客は、キャラクターを見つけると手を振ります。すると彼らも手を振って応えてくれますね。あれは、私たちが子どもの頃、日本においてもおなじみの光景でした。汽車の窓から、線路際の田圃《たんぼ》で働いている農家の人々に手を振ると、見知らぬ彼らが手を振って応える。ただそれだけのことですが、心の中にホノボノとした温もりを感じたものです。そこには、人と人との交流がありました。

私は人間を観察するのが好きです。雑踏の中で人々の動きや表情を見ていると、彼らが発するメッセージを感じ取れるように思います。

ところが、どこでどう話が違ってしまったのか、いまの幼稚園児は、クレヨンを持たせても人間の顔を描かないそうです。運動会の絵を描かせると、紅白の玉やラインや柵などは描くのですが、そこには人間が登場しないというのです。それは、生身の人間を真剣に見ていないことから生じることだと思います。

ゲームに慣らされた子どもたちの心を解放して、人間が見えてくる状態にするためにも、ジジ馬鹿たちの役割は大きいと感じるこの頃です。

初出誌　平成十二年四月　エッセイ集「窓」第十集

前田武彦　プロフィール

昭和4年（1929）4月3日生まれ（東京都出身）。鎌倉アカデミア演劇科卒業。
昭和28年、NHKテレビ「こどもの時間」をスタートに、テレビ脚本を執筆。
昭和30年頃より、各民放テレビ、ラジオで出演を兼業。現在に至る。

テレビ　「巨泉・前武のゲバゲバ90分」「そこが知りたい」「夜のヒットスタジオ」「スーパーワイド」「笑アップ歌謡大作戦」「クイズところかわれば」「関口宏のサンデーモーニング」他

ラジオ
ラジオ関東　「昨日のつづき」「テレフォン身の上相談」
ラジオ日本　「ほんとうの時代」「前田武彦のかしましジャーナル」

映　画　「男はつらいよ」「祝辞」「愛しのチイパッパ」「釣りバカ日誌」「晴れときどき殺人」「青春デンデケデケデケ」他

C　F　NIDOインターナショナル

著　書　「毒舌教室」光文社　「天気図を読む本」日本実業出版社
「タケロー・タケヒコの本音斬り」グラフ社刊　他

講演テーマ　「はなしのはなし」「高齢社会・私の生き方」「てれびの化石」「マエタケのおもしろ健康法」など

現在出演中の番組　NHK――BS2「シネマ・パラダイス」（土曜23：15～）
テレビ東京「知ってる介！護」（土曜10：00）

東映映画　「マルヒの女（仮題）」（和泉聖治監督）に出演。

1999年70歳を迎えると同時にパソコンを始め、メールやインターネットにはまっている毎日。週末は孫と遊んだり、趣味のヨットを楽しんだりしている。

♪百万本のバラ♪に魅せられて

歌手　池　眞理子

「百万本のバラ」という曲を一番はじめに聞いたのはいつの頃だったのか？　あアこの歌は前に聞いた事があると意識したのは〝ともしび〟の金城さんの歌を聞いた時でした。

シャンソンの歌手が多く歌っているので、フランスの甘い恋歌だと思ったが、何か心に引っ掛かるものを感じて、この曲のテープやCDを集め、訳詞の松山善三さんや木下恵司さんのお話もきいて、この歌がロシアの曲であることを知りました。

木下恵司さんが送ってくださったそのロシアの原曲「ミリオン・ロス」を、初めて聴いた時の興奮は、今でも忘れられない。

始めは、日本で唄われているこの歌と全然違う曲？　と、思うほどの違いに戸惑ったのでしたが、やがて二度、三度聞いているうちに体が震えるような感動を覚えたのです。

これは一体何だろう？

ロシア語の持つ独特のイントネーションの響きか？

それとも歌手の優れた情感と表現力のせいなのか？

それにしても同じオクマジャクシが、日本語で唄うと、何故あんなに平板になるのか？

なん度も、なん度も聞きながら、私は自問自答し、結局その日一日テープの前から離れられませんでした。そして判らないロシア語にもどかしさを覚えて、よし！　自分もロシア語をやってみよう、と決心しました。

私は五十年歌を唄って来ましたが、始めの頃は英語でジャズ、後半はスペイン語のフォルクローレに拘《こだわ》って、ロシアの音楽には無関心だったから、この歌手が、ソ連邦のスーパースター、アラ・プガチョワであること、この曲はソ連の三億の人が口ずさみ、アエロ航空の機内でいつも流されている程にポピュラーな曲であることなどを、その頃初めて知りました。

ロシア語の先生は案外身近にいました。

以前私が三越劇場出演の時、ペルー生まれのヌエベさんとご一緒に来てくださった女性が、ロシアのキエフ生まれだと判って、話はとんとん拍子に、その島田イリーナさんにロシア語を教えて載くことになりました。日本に来て十年、二児の母のイリーナさんはまだ若く、日本人より奇麗な日本語を話す人でした。

まず教材にその「百万本のバラ」のロシア語を教えて戴くことになりました。

旅回りの踊り子を愛し、自分の持ち物すべてを売って海のように沢山の花を買い、踊り子に捧げた画家の心をうたうこの詩は、せつなく、やり切れない悲しみを唄っているようだけれど、それよりも無償の愛を前に押し出して、その潔《いさぎよ》さを高く謳っているように私には思えた。

「この歌を初めて聞いたとき、ピロスマニーの事だな、と私達は思いました。ロシアではグルジアの放浪画家ピロスマニーのこの話は、誰でも知っている有名なお話で私は小さい時から子守唄代りに母から聞いていましたから」とイリーナさんが言われました。

この実在モデル画家のことをコロムビアのディレクターの清水さんに話すと、グルジアのピロスマニーなら四、五年まえ西武デパートで展覧会があったはずと言われました。それから事務所の吉村さんは、一九八六年五月から一か月半の間西武美術館で展示された、

「グルジアの放浪画家ニコ・ピロスマニー展」の分厚いカタログを手に入れ、神田の書店でソ連版のピロスマニーの画集も捜し出し、何年か前ピロスマニーの伝記映画も岩波ホールで公開された、という情報もつかんできて、私の周囲は何となく忙しくなりました。

ロシア語のレッスンも順調に進み、今まで見たことも無かったロシア文字の読み方、発音などが、始めは手に負えないと思いましたが、少しずつ慣れて、イリーナさんの口移しのロシア語も、どうやら、それらしく舌がまわるようになりました。

新しい日本語の「百万本のバラ」は、イリーナさんが原曲に忠実に訳し、それから何度も何度も唄いやすいように形を変えましたが、繰り返し唄うコーラスの部分は、イリーナさんが最初に作った詞を変えられませんでした。

ここがピロスマニーの心だから……
ここがロシアの心だから……
「ミリオン　ミリオン真っ赤なバラで
あなたを　あなたを　包みたい
いのちの　いのちの　いのちのバラを

　あなたの窓辺に咲かせたい」

　この歌に手を着けてやがて一年。

　私の心の中のバラが段々膨らんできたので、この歌のために昭和六十三年十月、新宿のモーツァルトサロンでミニコンサートを開いて、この歌のひびきを確かめました。その曲はこのころ、日本で十三人の歌手のレコードが出ていると聞きましたが、これは私の歌、という自信を持つことが出来たので、その年の暮れから正月にかけて、林二郎さんの編曲で音どりをして、一月二十八日に歌を入れ、五月にテープとして発売とすることとなりました。

　レコーディングはちょうど、昭和天皇崩御の頃と重なって、年号も平成元年となり、録音の終った後は緊張がとけて、何も出来ない日が続きましたが、イリーナさんから載いたロシアの音楽のテープを聴いているうちに、これから唄ってみたい曲が幾つか出てきました。

　しばらくはロシアの曲を……と方針をきめて、ロシア語も本格的に、との意欲も出て、学校（日ソ学院）にも入学しました。

　さて六月、この新しい「百万本のバラ」のテープ発売記念として、探し出したグルジアフィルムのピロスマニーの伝記映画を併せて上映し、ロシアのフォルクロールの曲も増すなど、日ソ学院通学にも弾みがついて、一度ロシアに行って見たいと思うようになりました。けれども、アメリカや南米旅行と違って、ロシアはちょっと難かしいと、諦めていましたが、ペレストロイカやグラスノウィッチのお陰で、「青いバイカル……」というツアーに誘われました。

私は海外旅行は幾度か経験して来ましたが、観光ツアーという形の旅は初めてで、はじめはためらいましたが、ロシア語の先生がご一緒にという事になって、これは願ってもない事と、とすぐ申し込みを致しました。行きたいと思っていたグルジアなどのコーカサス地方は、地震と独立運動などの政情不安でコースにないが、シベリアとモスクワ、歴史の街レニングラードはゆっくり見られるとのことでした。

七月、旅は新潟から始まり、まずハバロフスク、そして、バイカル湖の街イルクーツク、モスクワまで空路で、モスクワからレニングラードまでは憧れの汽車の旅も予定され、行程はゆっくりムードに感じていましたが、新潟で初めてツアーの方々にお会いしたとき、一行十九名の内、私を合めて三人以外は全部八戸《はちのへ》の方々で、その言葉が全然判らないことには、始めは本当に当惑しました。

ロシア語の方は、今習っている単語がところどころ出てくるので、見当がつく時もあるのに、八戸《はちのへ》の方々とは初対面でもあって、私からの言葉は通じるらしいのに、あちらからの言葉はほとんど判らない。仲間うちで話されるのは尚更全然判らない。結局ロシア語に並べて、八戸弁もノートに採って覚えなくてはならない羽目になりました。

一日目のハバロフスクでは、大学で東洋学を専攻しているという若いセリョウシャ君が、ガイドとして一行の世話をしてくれましたが、彼は誰にでも親切で、たどたどしい日本語が愛嬌で一行の人気者となり、ハバロフスクだけの契約が、この後も一行と一緒に最後まで旅をすることになりました。私には八戸弁よりも彼の単語を並べた日本語の方が判るので、大助かりでした。

二日目、イルクーツクでは、バイカル湖の見学に行きました。琵琶湖の七十倍大きいと聞いてはいましたが、これは湖ではなく、青い海そのもの。水も奇麗で、この水を飲むと長生きするという言い伝えがあると、セリョウシャ君が言うので、水を手で掬って飲んでみました。手が切れるほど冷たく、おいしく感じました。

それにしても、この暑さ。七月とは言えシベリアまで行くのだからセーターを持つようにと言われて多少の冬物を用意してきたのが、ハバロフスクからイルクーツク、そしてモスクワは三十五度とかの暑さ。分厚い毛糸のセーターを持て余してしまいました。

森の中の街のイルクーツクを発ってモスクワの空港に降りるとき、ふと気付きました。飛行機はそれほど新しくもなく、機内の内装も立派とも思わないけれど、離着陸のこの静けさ。日本の飛行機では、着陸と離陸は揺れるものと思っていましたが、ロシアの飛行機は、いつ離陸したか、着陸したかも気付かないほど静かでした。その頃はもう顔見知りになって、気分も分かってきた八戸の方にこの事を話すと、操縦の技術が違う、何しろ宇宙衛星を飛ばす国だからといわれて、成るほどと思ったりしました。

モスクワの街はさすがこの国の首都だけに大きなビルやホテルが立ち並び、観光客らしいアメリカ人、ヨーロッパ人、東洋系の人達も多く見かけ、外見は東京を少しワイドにしたビジネスの街の印象をうけました。

ガイド役の太ったおじさんの早口の判りにくい日本語に閉口しながら、赤の広場、ながながと列をつくって入場するレーニン廟、ステンカラージンの刑場や有名なボリショイ劇場、夜はチャイコフスキー劇場での音楽会で七十人のオーケストラも見学することができました。

赤の広場の前には立派なデパートがあり、それがまるで美術館のような厳かな建物であるのは不思議な感じでした。

印象に残ったのは、モスクワの地下鉄のエスカレーターで、その速度の早い事。人に遅れてはならないと決心して、まさに飛び乗る気持ちでやっと乗ると、下へ下へとまるで遊園地の乗り物に乗った速さで降りていく。ガイドの人から、乗ったら必ず左に寄ってと大声で叫ばれたので、あわてて左側に立つと、後から来た若者達が、走っているエスカレーターの右側を二段三段飛降りながら、アッという速さで奈落の底へ消えていく。

何十メートル降りたのだろう、地下のホームに到着すると、そこには大理石の柱とモザイクの壁画、雑踏の人達の頭上には高い天井に豪華なシャンデリアがあって、駅というよりは宮殿の雰囲気があり、驚かされました。つぎの駅は、さっきの駅とは全然違うデザインで、教会か美術館のような雰囲気でした。

地下鉄の電車は日本のより少し広くて、座席もゆったりしている。私達があわてて乗り込むと、ロシア人がわずかな空席を作り、「パジャールスタ」と……。こちらもさっそく「スパシーバ」とロシア語を使って見た。そんな交歓風景が時々あって、ロシアの人達ほ、根は親切なんだな、と話し合い、ロシアの人達に慣れていきました。

モスクワからレニングラードに行くのに、レニングラード駅から汽車に乗ると聞いて、混乱しましたが、モスクワ市からレニングラードに行くのには、モスクワ市のレニングラード駅から汽車に乗る。レニングラード市からモスクワに行きたい時は、レニングラード市のモスクワ駅に行けば良い。そこからは、それしか出ないから、こんな合理的な事はない、と説明されて、わかったようなわからないような……。

それでも、初めてロシアの汽車に乗るということで、張り切ってモスクワのレニングラード駅に行くと、新幹線のスマートな車体を見慣れた私たちには、夜目にも黒々とした鉄の固まりに見える大きな汽車で、ステップも高く、人の手を借りてやっとひっぱりあげて貰う始末。そのホームには屋根もない。連結部は人の乗るところではない、という設計か？　隣の車両に渡るのに、下が見えて怖い思いでしたが、四人乗りの部屋は大きく、ソファーになっているベッドもゆったりして、なかなかの乗り心地。

さて、予定の発車時刻になる。きっと、けたたましいベルの音がして、それからあの懐かしいシュッシュッポッポが始まる、と期待していると、汽笛も聞こえず、いつの間にか汽車が動き出しているのにはびっくりしました。日本での追い立てられるような発車風景に慣れているので、不思議な気持ちになりましたが、またこれものんびりムードでいいなと思いました。

朝の八時頃レニングラード市のモスクワ駅に到着。朝の空気が快よく冷たくて昨夜までの暑さはどこへやら。初めて本もののロシアに到着した感じ、しかも快晴でいよいよ最後のコースだと、みな張り切ってホテルへと出迎えのバスにそれぞれ便乗した。ホテルはプリブラチスカヤ（パルト海沿岸の）ちょうど窓から海のようなネバ川が見え、落ちついたいい部屋だった。レニングラードは昔の都ペテルスブルグで造船の街でもあり、ハネ橋が六十以上もあり、夜中の二時頃ともなると、一せいに開くという。また昼は有名なエルミタージュ美術館、冬の館と夏の館と見るもの聞くものすべて気が遠くなる程ヒロクて何でも大きい。市内見学の途中、バルチック艦のところで、音楽の音が開こえてくるので、その方角に行ってみると、バラライカやギターなどの楽器を抱えた五人の大道芸人が、メキシコのマリアッチのように観光客を相手に、次々と演奏していました。

しばらく聞いていて私も小銭を箱に入れて「ミリオン・ロス」とリクエストしました。「ダー、ダー、ハラショー」と彼らはすぐ演奏を始めました。さすがお国のヒット曲、なかなかのもので、私はうれしくなりロシア語で途中から唄い出しました。「百万本のバラ」を……。

この一曲に魅せられてはるばるここまで来た感慨を込めて……。気がついて見ると、周団は一杯の人だかりで、アンコールに応えると、集まった人たちの大合唱になってしまいました。

つぎの日の夜、レニングラードホテルのディナーの席で、一曲唄うことになりました。楽団はさすがに一流のものらしく、打ち合わせも簡単で、乗って唄えた。終わって席に戻ると、品のいい老夫婦が近付いてきて、「今日ここでミリオン・ロスを聞けるとは思わなかった。私の娘の大好きな歌です。ぜひノルウェイに来てください」と、私を抱いて、頬ずりをして花束を贈られました。

レニングラードの七、八月は白夜の季節とあって、夜十時になっても日が暮れないで、空は明るく、しみじみと北欧の気分をあじわう夜でした。

たった一曲の「百万本のバラ」に出会って四年、この曲を育てたロシアへの興味からロシアへの旅にも出て、今も週二回のロシア語の勉強を続け、日ソ学院へも通学中です。ロシアのフォルクローレの中に、今までの私の音楽エリヤに繋がる曲も多くあって、ロシアの曲のレパートリーも大分ふくらんで来ました。

人生とは出会いである！　……とつくづく思うこの頃です。ありがとうございました。

初出誌　平成三年五月　エッセイ集「窓」第四集

児太郎から福助へ

歌舞伎役者　中村福助

歌舞伎は世襲制度的な面があります。私の家は成駒屋という屋号で五代目歌右衛門から女形の家系で、叔父が六代目歌右衛門、父が芝翫という環境でしたので、歌舞伎は身近に感じていました。だから子供のころから芝居をやるのにも違和感はなく、普通だと思っていました。

初舞台は昭和四十二年四月、小学校入学と同時です。父が「七代目福助」から、「七代目芝翫」を襲名したとき、一緒に「五代目中村児太郎」を襲名させていただき、初舞台を踏みました。「児太郎」という名前も、曾祖父の五代目歌右衛門、その長男の五代目福助（祖父）、六代目歌右衛門〈叔父〉、父、そして私と使わせていただいたものです。

そのころは、なによりも学校が楽しく、一方芝居の方はそれに出るとご褒美に、当時はやっていたウルトラマンや怪獣のお人形が買ってもらえ、それが嬉しくて出ていたようなものです。おもちゃに釣られて芝居をしていたと言えましょうか。

それが次第に芝居の方が忙しくなってきました。臨海学校に行くときなど芝居と重なると、臨海学校に参加できなかったり、山のキャンプも、みんなの後から行ったり、先に帰って来たりということが続き、つらかったし非常にいやでした。

学校が楽しかったものですから、

「皆と臨海学校に行きたい」

「山のキャンプも行きたい」

といつも思っていました。

踊りや三味線のお稽古だけはしていましたが、「好きこそものの上手なれ」と言われているように、学校の方に興味があったので芸事に身が入らないのです。また、父は是が非でも、私を歌舞伎役者にしたいとは思っていなかったようです。心の中ではどうだったか分かりませんが、少なくとも「役者になれ」というようなことは言いませんでした。

しばらくすると変声期となり、子役から大人役に変わる時期がやってきました。ちょうど青山学院中学の一、二年から高校一年のころでしょうか。体つきだけはひょろひょろと伸びて、声は変声期のためガラガラで、役がつかなくなる時期が来ました。だから、芝居小屋に寄るのは父の初日と千秋楽《らく》（最後の日）くらいで、歌舞伎にはほとんど出ることもなく、その分非常に楽しい学校生活を送っていました。

それが高校一年の秋、『京鹿子娘道成寺《きょうかのこむすめどうじょうじ》』に所化《しょけ》役で出たときのことです。父が花子を務め、私が花子の踊りを見ている所化（坊主の役）です。

この話は道成寺伝説の安珍《あんちん》・清姫《きよひめ》によるもので、デートの約束をしたのにすっぽかした安珍の心変わりに腹を立てた清姫の怨念が、道成寺の鐘の中に隠れた安珍を、大蛇に化け鐘ごとぐるぐる巻きにして焼き殺すという筋です。その道成寺の鐘供養の日、美しい白拍子（花子）が、鐘を拝ませてほしいと来る。

所化たちは、「舞を舞って見せるなら拝まそう」と答える。そこで花子は一生懸命に踊って見せるという場面があります。

この『道成寺』の花子（白拍子）の踊りは、女形《おやま》舞踊の中でも最高峰の踊りです。この踊りは成駒屋でも非常に大事にしており、十分な体力、技術、精神力が必要な長丁場の踊りです。各バージョンごとにおうちおうちできっちりした約束事があり、私たちにとっても大変な踊りでした。だから家中がぴりぴりしているような状況です。

そんな時、なんと私は舞台の上で、あろうことか居眠りをしてしまったのです。といいますのは、その時ちょうど中間試験と重なってしまい、一夜漬けで勉強をし、試験を受けてからその足で芝居に来るということをしていました。ですから睡眠不足で、『道成寺』で座っていると面明《つらあか》かりが視界に入り、まぶしいし、温度よし、でちょうど眠くなってしまうのです。不謹慎と言われてもしょうがない……。一方、試験の方も一夜漬けですから惨憺たるものでした。そのときハタと思いつきました。

「このままでは両方とも目指すものを失ってしまう。学校か、歌舞伎かどちらかを選択すべきではないか」と。

そこで、学園生活を切り捨て、歌舞伎に専念しようと決心しました。学業と歌舞伎と両立しておられる方も大勢おりますが、私はぶきっちょなんですね。

「役者になれ」とは言わなかった父ですが、そのことを話したら、非常に喜んでくれました。

母の方は、さすがに女親です。将来のことを心配したのでしょうか。

「高校だけでも出た方がいいんじゃないの」

と、意外なことを言いました。

学校の先生は
「折角だから、高校一年終了までやったらいいじゃないか」

と、おっしゃって下さいましたので、結局残りはほとんど遊んで過ごしていました。

年が明けた正月。父が叔父の歌右衛門の所にあいさつに連れて行ってくれました。

「これからは、歌舞伎に専念する決心をしたようです」

と、父が言うと、歌右衛門叔父は
「児太郎を継いでいるのだから、当然だろうな」

と、非常に簡単に言われました。そのとき初めて、「児太郎」という名前は大変な名前だということが分かりました。

四月、学校を辞めてからはこれまで片手間にやっていたことにいよいよ本腰を入れることになります。五月公演で『積恋雪関扉《つもるこいゆきせきのと》』の踊りを見ました。亡くなられた八代目高麗屋（現吉右衛門、幸四郎兄弟の父）が主役の関守関兵衛を、これも先日亡くなられた梅幸（尾上梅幸）が宗貞役を、小町姫と墨染の二役を叔父の歌右衛門が務めていました。

これを見た時、こんな素晴らしい芝居はないと。本当にハンマーで頭を叩かれたような感じを受けました。ちょうど自分についていろいろなことに興味が湧く年代に、素晴らしいものに接しられたという幸せを今更のように強く感じます。歌右衛門叔父は、親戚でありながら本当にすごい人だと思っていましたので、それを見て自分も女形に進もうと決心しました。

丁度そのころ、二十代に入り三、四年は、朝から晩まで、まさに一日中芝居を見ていました。

芝居を見るのが楽しくて仕方がなかった時期です。いい役もつかなかったので、来る日も来る日も『道成寺』の坊主ばかりやっていましたが……。先輩がやっているあの役を、いつかやりたいと思いながら芝居を見るのが楽しかった……。

しかし、なかなか自分が思うような役につけず、女形で進むと決めているのに、立役〈男役〉ばかりきたりしたときは、

「何でつけてくれないんだろう」

とよく思いました。

だから、そのころ母がよく笑って言いました。

「役が欲しい、ヤクが欲しい、と、まるで麻薬中毒患者みたい」と。

でも今になってみると立役をやったということが、とても役に立っています。というの

は、相手役を務めた時に、男役さんがどこの位置に立ったらいいのかとか、草履をどうやってはかせたらいいのかとかが、よく分かりますから。それとどんな役であれ、同じ舞台の脇に並ばせていただけたということで、「いつかきっとこの役をやるんだ」という思いが強くなるということと、場数を踏んで芝居の雰囲気に慣れることが大切であるということを父は学ばせたかったのではないでしょうか。ただがむしゃらに、いい役をやればいいというのではなかったということが、今になってよく分かります。

それから少しして、生世話物《きぜわもの》という、時代劇とは少し違った江戸風俗の芝居で、よく娘役に使っていただきました。薄幸の少女役が多かったのですが。『文七元結』のおひさとか、黙阿弥《もくあみ》ものでは『筆屋幸兵衛』のおみき、『盲長屋梅加賀鳶《めくらながやうめがかがとび》』というお芝居では、松緑（尾上松緑）叔父様が道玄を務め、私がおあさという役を務める。素晴らしい叔父様たちのそばに出さしていただき、きめこまかく芝居の心を教えていただきました。私がもういくつか若ければ、そういうチャンスはなかったかも知れません。非常に幸せでした。

昭和五十七年、とうとうチャンス到来。『仮名手本忠臣蔵』に出ることが決まりました。第三世代といわれる、勘九郎兄さんを筆頭に藤川八之輔（あるいは坂東八十助か？）さん、僕、弟の橋之介を中心に、新装なったばかりの演舞場でやりました。観衆だけでも錚々《そうそう》たるメンバーがそろいました。女形では歌右衛門叔父、父、踊りでは先代の藤間勘十郎先生、羽左右衛門さんと。

大きな役で、歌右衛門叔父に初めて教わったのがこの『忠臣蔵』の「おかる」です。その上幸せなことに、このとき芸術選奨新人賞をいただき、本当に思い出深い役になりました。自分がいただいたというよりも、皆さんのお陰です。

成駒屋系は女形が多く、歌右衛門叔父、父、歌右衛門の次男で松江のにいさん、東蔵のにいさんがおり、私は五番目の女形でした。だからどうやっても役はなかなかつかない。それで父に反発し、猿之助にいさんの劇団の門を叩いたことがあります。六年くらい猿之助にいさんのそばで勉強させてもらいました。そのときにヨーロッパ公演にも連れて行ってもらい、九カ国くらい回り、たいへん勉強させていただきました。

昭和六十年には、今話題になっているスーパー歌舞伎の第一弾『ヤマトタケル』に参加させていただきました。今はだいぶ基盤ができたけれど、当時は本当に五里霧中で、一から全部作っていくという状況でした。そこで芝居作りの面白さや、猿之助の演出のテクニック、役者だけではできない照明、舞台装置、新しい衣装の勉強など、新しいものに取り組む面白さも学ばせていただきました。

そんなこんなしているうちに、いろいろ考えてしまいました。猿之助にいさんの生き方や、スーパー歌舞伎を批判したり否定したりするという問題ではなく、自分が目指している歌舞伎はもう少し古典的なものなのかなと思うようになりました。ある意味では、新しいものを勉強したからこそ、古いよさが分かる。両方ともよさがあるわけですが、だれかが守っていかなくてはいけないものもあるわけです。そのころから自分の中で古典歌舞伎を考え直すことが多くなってきました。それを猿之助にいさんに相談すると、

「それは君の生き方だから」

と言われ決心することができました。そこで猿之助にいさんの劇団を出て、叔父や父のところに帰ってきたのです。

今、新しいものを作り勉強していく楽しさから、もう一度、古典を守っていく楽しさを勉強しているところです。もちろん新しいものを作っていく事は大変だけれど楽しいものです。古典を守るということも新しいものを作ると同じに大変ですが面白いです。

幸せなことにわたしの場合は女形として素晴らしい先生が二人もいて、どんな役でも二人でやっていない役はないといってもいいくらいですから、そういう点では非常に恵まれ

ています。また、先輩に教わるということは、その方の財産をいただくようなものですから、教えていただいたものをなるべく自我が入らないよう守っていきたい。いくら自我を出さないようにしても、昭和ひとけたに生まれた父が務めたものと、平成の世に生きている私ではどうしても感じ方や感触は変わって参ります。そういうことを踏まえながら、古典ものを務めていきたい。

決して古いものがいいというわけではないのですが、分かっていただける部分が大きくあると思うのです。だからそういうものを守っていきたいと思っています。そうこうしているところに四年前、「福助」を襲名するという話をいただきました。「福助」という名は、五代目歌右衛門の遺言で「一日も福助空けるべからず」という話があり、ほかの名前は、たまたま誰か継がない人があると一時空白になるときがあるのですが、「福助」は百年間ずっと続いています。非常に重い名前です。

私も「児太郎」という名前を四半世紀名乗らせていただき、非常に愛着をもっています。だから松竹の永山会長から一番最初にお話しをいただいたとき、本来ならとても光栄なことで、即答するのが常識でしょうが、私の場合は

「少し考えさせて下さい」

と、お返事を待っていただきました。

十日くらい考えていたとき、それまで「役者になれ」と強制的なことを言わなかった父が、

「福助襲名を受けなさい」

と言いました。その理由の一つには、私が「児太郎」という名前で勉強修行時代にいろいろなことを味わったように、父もまた六代目歌右衛門のところで勉強したとき以来二十五年間も「福助」という名前だったということ。もう一つは祖父が「福助」を襲名しており、そんな関係で「福助」という名前に非常に愛着があるということです。

だからこの襲名のお話しをいただいたときに初めて

「受けなさい」

と言ったのだと思います。自分の心を決めて、永山会長のところにお話しにいったら、会長は笑って一言

「あーそうかいそうかい」

と言われました。あのときの会長の一言と、その笑顔が忘れられません。

初出誌　平成十二年四月　エッセイ集「窓」第十集

中村福助　プロフィール

本名　中村栄一
昭和三十五年十月東京に生まれる
家　族　父　中村芝翫　（歌舞伎俳優）
弟　中村橋之助（歌舞伎俳優）
受　賞　昭和五十七年度　芸術選奨　文部大臣新人賞　昭和五十八年度　松尾芸能新人賞
他　劇場奨励賞三回

舞　台
昭和四十二年四月　「野崎村」　五世中村児太郎　襲名
初舞台　歌舞伎座
五十七年　「忠臣蔵」　おかる役
五十八年　「義経千本桜」　静御前役
「お染の七役」
五十八年　ロサンゼルス　リトル東京　日米劇場　こけら落しヨーロッパ公演
六十年二月　「ヤマトタケル」兄橋姫、弟橋姫　二

役　新橋演舞場
平成二年四月　五世歌右衛門五十年祭　歌舞伎座
二年六月七日　アメリカ公演「鳴神」雲の絶間姫役
三年一月　「壷坂霊験記」お里役　浅草公会堂
四年四月　「京鹿子娘道成寺」白拍子花子役　歌舞伎座
「祇園祭礼信仰記」（金閣寺）雪姫役　九代目中村福助襲名
五月　「籠釣瓶花街酔醒」八ツ橋役　南座
「祇園祭礼信仰記」（金閣寺）雪姫役　襲名公演
十月　「京鹿子娘道成寺」白拍子花子役　御園座
「伊勢音頭恋寝刃」お紺役　襲名公演
五月　「勧進帳」　源義経役　中座
「京鹿子娘道成寺」　白拍子花子役　襲名公演
十二月　「お染の七役」　歌舞伎座
平成六年一月　「俊寛」　千鳥役　歌舞伎座
十月　「重の井子別れ」　重の井役　三越劇場
平成七年一月　「鎌倉三代記」　時姫役　国立劇場
〈ラジオ〉　平成一年四月～平成四年三月ＮＨＫ邦楽ジョッキー

あれから二五年　心臓移植へのプロローグ

札幌医大名誉教授　国際心臓胸部外科学会会頭　和田寿郎

昨年の暮の十一月ローマ、エジプト、そしてグアムでの外科学会で多忙を極めていた頃、会う人から「先生の事がまた書かれていますよ」と云われる事が度々あり、此の二五年間、脳死や臓器移植の事が話題にのぼると、必ずと云って良い程、本人の私の知らない間に、私の事が書かれたり、放映されて来た事もあって、此の度も聞き流していたが、どうも気になってその書いたものを送ってもらった所、その雑誌は古い伝統のある日本医事新報誌で「心臓外科の歩み」と題して二人の名前の知られた教育者による対談がのっていた。その文頭に「一九五二年和田寿郎先生のお兄さんがボストンに留学されていたわけですが、志半ばにして亡くなられた。その頃は日本人は殆んどいなくて云々」と書かれている。私は長男で兄は居ない、然し占領下の日本から昭和二五年（一九五〇）渡米した第一号の医師とは正しく私の事である。私が死んでいた事になる、もしそうでなければ私に異父母の同名の兄弟が居なければならないという事か？　同一人物が二人で一人は死亡？　何れにしても私にとっては大変な間違いだと驚き、すぐ編集部に連絡をとりその訂正文が本年の一月下旬に掲載されることになったが、その過程で「お兄さんの件は、その頃ボストンでは日本人研究生が亡くなったのが伝説にもなっており、私もそう信じて居ましたが、それは誤報（名前が）されていたと……」との書面が届き改めて私は〝生きていた〟良かったと思った。これで私の生死に関する誤った伝説が日本とニューヨークとで生き続けまた生れて行く事を防ぐことが出来ると安堵の胸をなでおろした。日本の今日は情報過多であり、その情報の信頼性は低く、個人レベルでも注意深くその都度訂正されて行く事が大切であるとつくづく考えさせられた。

そう云う私は大正一一年（一九二二）在米一八年の父頼純（東大法学博士）が北海道帝国大学に赴任したとき母靖子（お茶水女高師）の胎内で同行し札幌で育つことになったのである。（七〇年前の事）。今思い出されるのは、家に必ず蚤や虱を持って帰る小学校時代（一九二一～二七）飛び級中学校入学試験の落第、指先の凍る様な厳しい軍事教練しか思い出せない。庁立札幌一中（現南校）でも柔道初段を得た。四年飛び級で北大に合格した後、エルム学園で、マントと長髪の青春の夢も、希望も、八紘一宇の精神や鬼畜米英のスローガンの下での、軍事教練で押し潰され、特待生で免除された八五円の授業料も白緒のホオ（朴歯《ほおば》）の下駄でデカダンな一夜を飲み明かした。父の英語にかなうべくもなく、独逸語を溺習《できしゅう》、洋装学院を借り、アテネ・ドイツを主催し、ヒットラーユーゲントの案内をしたりして、ドイツ語弁論大会でも優勝した。やがて医学部に進んだが基礎科日試験は独逸語で書いた。免疫学、三田血清学に心酔しこれを自分の人生の方向と考えた。一段と厳しくなる軍事教練、実弾演習のあい間に裸足でテニスに明け暮れる日が続き、徴兵検査（一九四二）で甲種合格、青春のシンボルの長髪と訣別した。同年の他学部の友人は戦線へ、医学生だけは医師免許証のために在学を続け、昭和一九年（一九四四）、卒業したクラスメートの殆どが真っすぐ戦地に軍医として赴任した。私は、大学院特別研究生として、第七師団（旭川）の凍沍（全身低体温）の蘇生の軍秘密研究に従事した。当時日本唯一の低温研究所の所長が師柳教授であった事から、私は外科医の道を歩むことになった。

予期していた敗戦、それも無条件降服を涙で聞き、教授とともに必死で軍秘密研究の資料を焼いた。あせればあせるほど燃えない紙の山、サッポロの澄んだ秋空に昇る煙が忘れられない。あっという間に大通公園を東西通して、進駐軍のトラックやジープが走り回り、北大農学部や、市中の主要なビルが占領された。私は、父の米国時代の後輩の好意で、CIEの図書館で、既に、アメリカにおいて心臓病の手術が行われている事を初めて知り、驚きにおののいた。

病院のドアの金具は取り外され（供出で）スチームの殆んど通らぬ病室、電燈もうす暗い惨憺《たん》たる研究室、雑炊とドブロクで支えられつつ、実験用の兎を地方にリヤカーで買い出しに、そして馬鈴薯や米も運んで帰って来た。医局は次第に増える復員兵の外科の先輩達であふれるようになった。手術の合間カーボン紙でコピーを作って学位論文を仕上げ昭和二四年医学博士（一九四九）となった。翌年非常勤講師として厚生技官国立八雲病院外科医長を拝命。軍用毛布、ガソリンのドラム缶詰に埋れたつい昨日迄の軍病院で裸の下駄ばき、水道水の手洗いだけで毎日の様に虫垂《ちゅうすい》突起炎《とっきえん》、脱腸《ヘルニア》等は日帰り手術（今日のデーサージェリー）。当然の事ながら術後の往診は自転車で、結核のカリエス、胸部成形術も、そして胃癌手術も手がけ、一寸した有名青年外科医として近郷から患者が集った。とはいうものの、吹雪の中の往診や、馬橇に、七輪を乗せ、毛布にくるまって、一夜がかりの往診等の日々は、今も忘れられない。

こうした生活のある日、父のスタンフォード大学の後輩デーイン将軍の善意で、学生時代からの海外留学の夢が叶った。ドイツではなく米国へ。占領下の日本から渡米医師第一号として、軍票、軍用船そしてグレイハウンドバスで大陸を横断。開心術発祥の零下四〇度のミネソタ大学へ。ここでは余りにも日本と異った臨床外科の世界のある事に驚いた。世界初の心臓病院が出来、そしてメーヨクリニックの建物の基礎工事の始まるのが手術室の窓から見下す事が出来た。その一方日系米人で編成された第四四二部隊の全滅、大陸の砂漠への強制疎開等のきびしい時代が終ったばかりの時代。そこへ日本から来た日本人（医師）と判ると、相手の青い目に異様な敵意が現れ、その無気味さに敗戦国民であることを片時も忘れることができなかった。一方日本からの送金は許されておらず月一一五ドルの月給では、本を買う余裕もなく、食費を節約するために、朝六時に手術室に入りこんで当直用のパンにピーナーツバターを一センチもの厚さに塗りつけ、コップに半分もの砂糖を入れてからコーヒーを注いでの朝食、間きとれないページング（医者を探す館内放送）等数えきれない困難の続く毎日であった。

こんな事で落ちこんでいた私に、今日心臓移植で世界のトップに立つまだ若かったN・シャムウェイは「気を落すなよ、戦争はもう終ったのだ。我々のアメリカは、この戦争で失った人命より国内の自動車事故で失った命の方がずうっと多いのだ。（文末註一参照）元気出してやろうよ」と言ってくれたことや、またある週末、黒人の小使いさんから「あんた日本から来たのか、俺のところへ来んか」と自宅に招かれて夕食をご馳走になったりしたことも、日本では考えられない〝アメリカ〟を感じさせたものである。しかしここで、世界に知られる開心術のW・C・リリハイ、人工肺のC・デニス、低温開心術のJ・F・ルイス、R・ネルソン、心臓移植のN・シャムウェイ、また、南亜のC・バーナード等世界からあつまってきていた、後に世界の心臓外科の指導者となった若い連中とも知り合った。

そして長年の心温まる友情と交流が生まれた所でもあった。

心臓外科に胸を躍らせながらも、日本では未だ肺切除術が非常に危険とされていることも考え、また、これらに絶対に必要な新しい挿管麻酔法も身につけるべく、翌年ニューヨークで七千人の結核患者を抱え〝世界のセンター〟と呼ばれるレイブルック（トルドー）州立病院に移り、積極的に手術できる立場を与えられた。

そこは一九三六年日本からの冬期オリンピックに参加した安達選手がジャンプで足を折ったレイクプラシッドの近くでもある。週末には病院に出入りしていた神父や牧師さんに手をとられ、宗教を、そしてまた宗教と患者との関係等を実際に学ぶ尊い時期でもあった。

ここで、雪の朝出勤してきた主任看護婦がスリップしてバスの下にスベリこみ、頭部がつぶれ眼球が飛び出した死亡（脳死）を経験した。そのとき、私が手術をした美しいドリス嬢が、退院の時それまで遠いデトロイトから、時々見舞いに来ていたチャック青年と共に現れ、「ドクターは、我々にとって、ドクター以上に有難い人でした。お願いがあります。私達の結婚の仲人になって頂けませんか？」と頼まれ、私は生まれて初めての事で、不安ではあったが、喜んで人生初めての大役を果たした。

後に三人の女の子が生まれ、その長女がロータリーの交換留学生として来日するということがあり、これも貴重な人間愛の交流の思い出である。

ついでながら、この独身での媒酌を始めとして今日まで、一三六組をお世話する事になろうとは、当時は考えてもいない事であった。一九五二年のこの年、日米の平和条約が結ばれ、私はシカゴの臨時大使館に出向いて登録し、ここで初めて日本人としての市民権を再確認した。

それと、日本からの来訪者が一ドル当たり三六〇円で、訪れるようになった年でもあった。

心臓と肺の最新外科医としての自信をつけ、その次はアメリカでの胸部心臓外科のチーフ・レジデントとしてR・ヅオリンジャー、K・クラッセンのオハイオ州立大学に移った。ピラミッド型のレジデント制のトップの立場として、窓下に三万人収容のフットボール場が見える新しい病院で赤革の素晴しいオフィスが与えられ、手術の殆どをまかせられた立場で、臨床にそして実験にたずさわった。またその間解剖学の講師も兼任した。そのうち言葉の障害も少くなり、ニューヨークから持ってきた中古のフォード車で中西部の米国を走り回った。此の年一九五二年は全医師を対象に急性心停止に対する救命除細動法の教育が積極的に行われ、私もクリーブランドに出掛けて、C・ペック教授から非常にまとまった実習を直接に受けることができた。日本からも、少しずつ政界や学会の代表者が訪れるようになって来ていた。世界外科学会の招待で恩師の北大の（故）柳壮一教授が若かった東京の（故）榊原仟先生を同伴してシカゴに来られ私の手術を見られたりされた。後年札幌医大から東京女子医大に転任するきっかけとなった榊原先生とは、この時初めて面識を得たのであった。

翌一九五三年内約の出来ていたボストンのブリガム（P.B.B.H.）病院へと車に荷物を積み込んで新しい何車線もの巾の広いフリーウェイを、東海岸に出て、ボストンへと北上した。ボストンはハーバート大学、ボストンそしてタフト大学と三大学が混在し、大きな関連病院も多く、ことに市立病院の外科三部門は三大学の外科と競合する様になっていた。また、欧州との交流も多く、心臓外科分野も先天性心臓病（動脈管開存症一九三九）のR・グロスや第二次世界大戦で一三四人から心臓内弾丸の剔出手術で死亡0の成績に輝き、また僧帽弁狭窄症手術（一九四八）、加えて今日の心臓人工弁の基礎をつくったC・ハフナーゲル、補助循環のH・ソロフ等きらびやかな人脈を誇っていた。私はハーケン教授の下でP.B.B.H.病院の他ボストン市立病院、Mt・アーバン病院そして海軍病院の兼任スタッフとして患者から患者へと片手にサンドウィッチ、両腋にコカコーラのびん、と飛び回る生活に入った。私の心理状態も永住を考える様になってから落着いた「現地人」となっていた。日本からの留学生からも二世医師かと思われていたようである。それでも毎週末の病棟検討会等でハーケン教授は私を相手にむずかしい英語で冗談を話しかけ、私が良く理解出来ないでいると「自分の云う事をJerryに判ってもらえない」と一同を笑わせる等、改めて、英語の奥行きの深さに戸まどう事も少くなかった。日本では全く考えられない患者本位の医師の姿、医師や学生への教育のあり方、など米国の生活にある程度なれていた私にも一段とその格調の高い臨床のあり方が心に残った。ここで私自身の日本とそれから米国に来てからの三施設での知見と研究を中心に人工心肺の夢を実現すべく、大動脈弁手術に送行性酸素化血液の動脈内大量急速注入とか、また低温開心術後の正常な仔犬の誕生など開心術の最先端の臨床に直結した実験に日夜を送った。このことはハーケンの心臓の修理（To Mend the Heart）という著書にも記されており、私の心臓胸部外科医としての人生に強力なインパクトを与える結果となった。この年千葉の中山恒明先生が、二人目の日本からの招待者としてニューヨークに来られ、「君、通訳を頼むよ」とて私がお手伝いしたことを想い出す。日本からボストンに来ていた仙台の（故）鈴木千賀志先生や、札幌の（故）橋場輝芳先生ら短期の方々の帰国の折、在留日本人医師に呼びかけて、まだ経済的に恵まれない事情もあって、いつもポテトチップスと一番安い「エール」というピールで、歓送迎会をホストの形でよくチャーレス河のほとりで行った。

ところが、そんな一九五四年夏、夢にも考えていなかった父親の重病の知らせに、ただ一人の弟、和田淳（当時北大精神科助教授）から私に、「長男だから自分と交替して、帰って診てほしい」といわれ、すべてを犠牲にして、ひょっとしたらこれで再び帰らぬ道になるかもしれない、と考える一方、戦後の荒廃した日本の患者への奉仕に、米国の多くの宗教関係者が訪れた事も考え、誰よりも先に、新しい医学を身につける幸運に恵まれた私は、この役に立つ心臓胸部外科の恩恵を、自分の国の人々に奉仕しようとする医者が一人ぐらいいてもよいだろう、私自身がそうした使命を果たさんとする牧師と考えては、と自問しつつ自分に言いきかせ、思い出にと預金をはたいてクリーブランド号の一等船客として、帰国の途についた。横浜港に近づくにつれ懐しい日本の放送が聞えるようになり、デッキでのお別れのカラフルなパーティーの余韻のさめぬ間に岸壁に老いた恩師（故）柳壮一先生御夫妻の姿が目に飛び込んで来た。地球儀の形をした新しいエマーソンの自動吸呼器とサーンズの熱電対の心電計をお土産にして、その夜本郷の建部清州堂（故金蔵氏）宅でわざわざ沸かしてくれた五衛門風呂に招かれ、入ろうとしたとたん足が、浮いていた風呂底に沈めるべき板にぶつかり、やっと押し沈めて、そしてまた水面の石鹸の泡に気付いて、「ここは日本なのだ。私の後にお家の方が入られるのだ」と、あわてて手でその泡を掬い捨てた。浴衣のすそのはだけるのを異様に感じながらの日本酒の味が臓腑にしみる。翌日は札幌へ。往年（イメージとして）抱いて来た七五坪のハイカラな欧米式であったはずの家が何と古く、小さく見えたことか。しばらく立ちどまった事を思い出す。（故）大野精七学長と柳先生に〝大海の鰯よりは池の鯉〟〝新しい物は新しい器で〟と招かれた新設の、それもまだ戦前の木造のままの札幌医科大学に赴任した。大学の事務でサインに馴れていた私は採用書に捺す印鑑を持っておらず困り果てた。そんな私を見兼ねて事務局長が、「うちに先生と同名の看護婦が居ますので……」とその人の印で私は正式に採用され、日本で初の胸部（心臓血管）外科の専門科を助教授として担当する事となった。より良い米国の新しい外科をより早く、より多くの人に、と若さに意気込んでの毎日が繰り広げられる事になった。

ここまで読んで頂いて、初めて文頭でふれたボストンでの〃和田寿郎というお兄さん〃は著者の私である事を改めて納得して頂けたと思う。

この後の私の五〇年の歩みは昨年一一月発刊された「あれから二五年—脳死と心臓移植」（かんき出版）に続いている。またボストン時代については、文末・註2を参照されたい。

一九九二年一二月二八日

註1　こうした考えがシャムウェイを代表とする心臓外科医が、心臓移植の実践に対し、自動車事故による頭部挫創、即ち「最も判り易い脳死」を得るべく運転免許証に献血及び臓器提供の自由意志を記入する項目を設けた。こうして脳死後の臓器移植の可能性の

大きい臓器提供者をどうしてみつけるかの最も困難なハードルを乗り超え、世界に輝く脳死臓器移植の分野を開拓し今日に至った。

日本でも一九九二年十二月二十四日の朝日新聞で「今年は、頭を強打する「即死型」(私にいわせれば、最も判り易い〝脳死〟である）の事故が急増している。同年十一月末日現在、頭部損傷での死者は四六五人である。そのうち頭部を打って死亡した人は二九〇人で全体の六二％に当り、昨年の五二％に比べると急増している」と報告されている。そうしてみると脳死臓器移植が日本でできないというのは、この診断の容易な「脳死」への医師の対応が悪いためということができよう。医師が他の医師を、臓器移植で告発する、という国は、日本だけである。

脳死臓器移植再開のコンセンサスは、日本の大衆、マスコミではなく、医者仲間の再教育とコンセンサスを得る医師会の問題であり、「医」のモラルの問題である。

しかるに、未だに法律の制定を待つ姿は、あれほど待ちこがれた昨年一月の政府脳死臨調の最終答申が出て既に一年を越えたというのに、移植開始がみられないということは、今日の心臓外科医による医師会の怠慢と言われても仕方がないであろう。

注2　それから四〇年が過ぎた。世の中も人もボストンも日本も変った。ボストンの戦後

留学の仲間の会〝エール会〟が出来上がり、その会員も三〇〇名を越すとの事。時代の変せんを考えてその初期（一九五三～一九六八年）の仲間が、想い出集を作ってお世話になった病院や研究室に、また御家族や友人に伝える暖かい感じのする本を編集しようと、昨年決まり本年春頃には「一九五〇年代のボストンに学ぶ日本の医学者達」（仮題）が近代文藝社から発行される事になっている。

初出誌　平成五年二月　エッセイ集「窓」第六集

和田寿郎　プロフィール

一九二二年生まれ。北海道帝国大学卒業。五〇年　占領下日本の医師第一号として米国ミネソタ、ニューヨーク、オハイオ、ハーバード大学心臓胸部外科を専攻。　五四年　札幌医科大助教授　本邦初の胸部心臓外科創設。　五七年　名誉教授。　七七年　東京女子医大主任教授。米ヴァンダビルト大学教授。　日本初の心臓移植手術を始め、二万余例の手術。（胸部、呼吸器、心臓血管等の外科や人工臓器、高気圧医学など）。イタリア文化勲章、米テネシー州、マニラ市、北見市等の名誉市民。

現在　有楽町電気ビルＭＣ、和田心臓肺研究所長、国際心臓胸部外科学会会頭。

『うちのお父さんは優しい』

――検証・金属バット殺人事件――

テレビ朝日『ザ・スクープ』で放映！　衝撃の金属バット殺人事件の全貌。ジャーナリスト鳥越俊太郎の真相解明!!　制作ディレクター渾身のドキュメント!!

平成八年十一月、第二の「金属バット殺人事件」が世を騒がせた。家庭内暴力に悩む父親が、十四才の息子を殺害したのである。父親は東大卒で、良心的といわれる左翼系出版社の元編集者。カウンセラーの助言に従って、息子の暴力を無抵抗のまま「受容」し、暴力がエスカレートしていった果ての、耐えきれなくなった父親による殺人。学歴社会のゆがみ、甘い父親など、その原因をめぐって、当時さまざまな憶測がなされた。著者の主な視点は、著者と同世代である加害者――戦後民主主義の子であり、学生運動とその後の「優しさ」の時代に青春を過ごした――がどういう父親になろうとしていたのか、ということである。

著者は、裁判をすべて傍聴し、丹念な周辺取材をとおして、同世代人が陥った「僕たちの失敗」の真相に迫っていく。

（「週刊現代」書評より抜粋）

鳥越俊太郎・後藤和夫著

本体価格　一五〇〇円

ふり向けば
エッセイⅡ

明窓出版編集部編

明窓出版

平成十二年八月二十五日初版発行
発行者 ―― 増本 利博
発行所 ―― 明窓出版株式会社
〒一六四―〇〇一二
東京都中野区本町六―二七―一三
電話 （〇三）三三八〇―八三〇三
FAX （〇三）三三八〇―六四二四
振替 〇〇一六〇―一―一九二七六六
印刷所 ―― 株式会社 シナノ
落丁・乱丁はお取り替えいたします。
定価はカバーに表示してあります。
2000 © Printed in Japan

ISBN4-89634-051-5

ホームページ http://meisou.com Eメール meisou@meisou.com

『星の歌』

上野霄里《しょうり》著　本体価格　一九〇〇円

人間が一人で生きることは決して許されてはいなかった。集団生活を強制させられていた。知識も情報も、すべて統制されて、規格のものがおしつけられていた。一言でも自分自身の言葉を発言してみたまえ。その人間の社会生命が、その場で、直ちに絶たれたものだ。個人を中心に生活することなど、大罪とみなされていた。しかし、諸君、わたしは、敢えて、そういった社会の中で、いったん自分を殺すことにより、サヴアンナにはじめて直立した原生人間の心境で、ギリシャや万葉の自由人のように生きはじめたのだ。君達も、もし、わたしと同じ覚悟で立ち上がるなら、わたしのように生きられる筈である。結局、人間は、どんな時代にあっても、自分自身でもって生きる根性のないものは、時代がそうすることを許さないからと、その責任を時代になすりつけるものなのである。わたしは敢えて言おう。誰でも、どんな時代のどんな人間でも、もし、本人に、その気があるなら、自由自在に、物や社会にわずらわされずに生きられるものである。君達が苦しむぐらい、わたしも脅威を受けていた。ギリシャ時代の哲人達もそうであった。万葉時代の人々も全く同じであった。ここで敢えて言おう。わたしの生きている二十世紀は、君達の時代と全く同様に、一かけらの自由な空気もない風土なのである。自由な呼吸をしたければ、一億円の金塊を盗む行為よりも神経をつかい、一人の人間を誘拐するほどの大それた行為として行わなくてはならない。真実は、どこにもない時代だ。

その中で真実を語り、真実そのものを生きようとすれば、この社会では人非人、狂人、異端者、人間失格者、亡者として生きることに甘んじなければならない。純粋な人間の生活は、社会大衆にとっては、いつの世においても、大きな謎となるだろう。

《未来の友に告ぐ》より。

ヘンリーミラーとの深い交友関係を持ち、
彼の死後いまも孤高を守り続けている作家　上野霄里

記者魂が刻む「地球SOS」

縄文杉の警鐘

三島昭男著

〝環境問題〟を語らせると第一人者といわれる著者がいま「七千年の縄文杉」を通して、人間と地球の危機に、渾身の警鐘を打ち鳴らす！

日本の心を問い直す「警世の書」

定価　一四八〇円

大自然（神）の掟に逆らう者は必ず滅ぶ！

縄文杉

『世界の遺産登録』

記念出版

緊急出版！

『世界貿易機関（WTO）を斬る』

――誰のための自由貿易か――

鷲見一夫著

今、世界で進行する「新重商主義」の台頭に警告。

ヒト・モノ・カネの流れを徹底的に見直す！

自由貿易の名のもとで繰り広げられる圧倒的パワーの世界、そして隷属する世界！

世界貿易機関、そして多国籍企業の動きを解き、これからの経済を展望する

法学部教授渾身の書

定価　二三〇〇円

話題沸騰

迷走する経済大国

田中満著

年金、退職金がもらえなくなる。銀行、保険も危ない。史上最悪の自己破産と失業率。急増する企業倒産。下がりっぱなしの地価、株価、賃金。増加傾向をたどる借金と不良債権。回復しない景気。愛国心も民族の誇りもなく、国益も考えない日本人。こんな日本に明日はあるのだろうか。気鋭の経営コンサルタントが、日本社会と経済の現状と未来を解き明かす警告の書。

定価　一三〇〇円

必読！！

住民運動としての環境監視

畠山光弘著

自らの健康を守るために
完全に手遅れになる前に今、立ち上がろう！

誰にでもできる環境の監視方法を詳しく説明。
産業廃棄物処理場問題に絡む「住民運動」を科学的側面から解説。
家庭でもできるダイオキシン測定方法も紹介。

定価　一二〇〇円

心のオシャレしませんか

丸山敏秋著

幼児開発にとって大切な「母親開発」に参考になるテーマがいろいろ盛り込まれています。内容も具体的でわかりやすく、すぐに役立つ事柄も多いでしょう。子育て中のお母さんお父さんはもちろん、広く世の女性に読んでいただきたい本です。

推薦文　井深　大（ソニー名誉会長）

定価　一二〇〇円

親と子のハーモニー

丸山敏秋著

「心のオシャレ・パートⅡ」現代社会で子どもたちに大事なものは何なのか、何が必要なのか、その辺のところを親としてしっかり見極め、時流にただ流されるのではなく、自分の流儀で、信念をもった子育ての方針を立てることがもっとも大切です。

定価　一二〇〇円